Sil Baştan Aşk

Yasin Güneş

Published by Yasin Güneş, 2024.

SIL BAŞTAN AŞK

First edition. April 4, 2024.

Copyright © 2024 Yasin Güneş.

ISBN: 979-8224064854

Written by Yasin Güneş.

Hayat ışığım Özlem'e...

01 KADIKÖY - ARA SOKAK - DIŞ / GECE

Kadıköy'ün tekinsiz ara sokaklarından biri... Emre iki katlı eski bir evin önünde sigara içiyor. Art arda üç dört defa hızlı ve derin şekilde sigarayı içine çeker, sigarayı tam bitirmeden yere atar ve evin kapısını üç defa aralıklı bir şekilde çalar. Çok geçmeden kapının arkasından beklediği ses gelir.

KAPININ ARKASINDAKİ ADAM:

Kimsin?

EMRE:

Metruk bir evin içindeki günah kapısını arıyorum.

Kapı açılır, Emre içeri girer.

02 EV - GİRİŞ ODASI - İÇ / GECE

Kapı, kapkaranlık bir hole açılır. Emre ve kapıyı açan adam, uzun karanlık holde yürürler, biz sadece ayak seslerini duyarız. Uzun holün sonunda, çelik kırmızı bir kapı vardır. Emre'nin peşindeki adam; kırmızı çelik kapıyı açar, Emre içeri girer.

03 KUMARHANE - İÇ / GECE

Kapkaranlık hol, kırmızı kapıyla birlikte büyük bir kumarhaneye açılır.

(İçerisi duman altı. Kumarhanenin tam ortasında uzun diktörtgen masada rulet oynanıyor. Odanın dört köşesinde ise, poker masaları var. Masalardan birinde diğer masadakilere göre; kıyafetleri oldukça lüks ve yaşları daha büyük, (45 - 50 arasında) dört oyuncu oturuyor. Her birinin başında bir kadın ve korumaları var. Ayrıca kumarhanenin sahibi Mahmut da o masanın başında bekliyor. Diğer iki masadaki oyuncular daha normal giyinimli oyuncular... Masalarında kadın yok. Son masada ise; gözleri şişmiş, yorgun görünen ve diğer masadakilere göre düşük bahis oynadıkları belli olan üç kişi oturuyor.)

Emre, kumarhaneyi süzer. Lüks masadaki kızlardan biri kendini çağırırcasına şehvetli bakışlar atar. Emre biraz bekledikten sonra, üç kişinin oturduğu düşük bahis oynanan masaya doğru ilerler. Kadın hayal kırıklığıyla başını tekrar masasına çevirir. Emre, poker masasına gitmek için, rulet masasının yanından geçtiği anda, rulet masasının yanındaki takım elbiseli adamlardan biri kolunu tutar.

GÖREVLİ:

Sana izin yok.

Emre, ilk önce adamın tuttuğu koluna, sonra adama bakar.

EMRE:

Param var.

GÖREVLİ:

O zaman borcunu öde!

EMRE:

Saat kaç?

Görevli, saatine bakar. Gülümseyerek cevap verir.

GÖREVLİ:

23:16

Emre, kolunu hızlıca çekerek adamın elinden kurtarır.

EMRE:

Kırk dört dakikam var. Paranızı gece yarısı olunca istersiniz.

Görevli sinirlenir, Emre'ye doğru hamle yapmak üzereyken; yüksek bahislerin oynandığı masanın başındaki orta yaşlı adamla göz göze gelir. Adam kafasını, "Bırak oynasın." anlamında sallar. Görevli, Emre'yi bırakır. Emre, düşük bahislerin oynandığı masaya oturur. (Masadaki üç kişinin oyunları o sırada biter. Kurpiyer, Emre'yi bekler.)

CENGİZ:

Bugün bunlar seni çiğ çiğ yiyecek haberin olsun.

EMRE:

Onlar beni yemeden ben sizi yiyeceğim merak etme.

MEHMET:

Kaybedecek hiçbir şeyi olmayan bi adamın bakışlarını görüyorum sende.

EMRE:

Öyle. Tehlikeliyim bu gece.

CENGİZ:

Kaybedecek hiçbir şeyi olmayan adam diye bi adam yok oğlum. Kendi kendini gaza getirme. Nefes alan herkesin kaybedecek son bir şeyi vardır.

EMRE:

Neymiş o?

CENGİZ:

(Gülümser.) Hayatı.

Masadaki üçlü güler. Emre de önce yutkunur sonra gülümser.

EMRE:

Oynayın bakalım. Zaten mezarın altındaki bi adamla oynuyosunuz bu gece.

Emre, o sırada yüksek bahislerin oynandığı masadaki beyaz saçlı adamla kısa süreliğine göz göze gelir. Kurpiyer, Emre'nin önüne 100.000 TL değerindeki çipleri koyar. Müzik altı, Emre'nin kazandığı ve önündeki çipleri ikiye katladığı poker sahnelerini veririz. Müzik altı biter. Dördüncü adam çekilir.

DÖRDÜNCÜ ADAM:

Benden bu kadar. Yeteri kadar günaha girdim bu gece.

Bu arada Emre'nin kolundan çeken görevli kol saatine bakarak, Emre'nin oynadığı poker masasına yaklaşır. Kurpiyer son elin kağıtlarını dağıtır, açılışı yapar.

KURPİYER:

Büyük bahis on bin, kör bahis beş bin.

Emre kağıtlarına bakar. Kupa Kız ve Kupa Vale gelmiştir. Kör bahis sırası Emre'nin olduğu için ortaya beş yüz liralık çip koyar. Mehmet ve Cengiz bin lirayla devam eder. Emre de kör bahisi tamamlayarak bin liraya çıkarır. Kurpiyer ortaya iki kart açar. Açılan kart; Sinek Kız ve Sinek Vale'dir. Emre önce masanın başına dikilen görevliye bakar sonra hafif bir tebessümle elinde kalan son bin lirayı ortaya sürer.

EMRE:

Pot.

MEHMET:

Pas. Benden bu kadar.

CENGİZ:

Gördüm.

Kurpiyer, bir kart daha açar. Açılan kart Sinek On'ludur. Emre zoraki gülümseyerek elindeki kartları bırakır.

EMRE:

Döper.

CENGİZ:

Üzerine son toprağı da ben atıyorum genç. Hem de hayatın boyunca sadece bu akşam görebileceğin bir oyunla.

Cengiz, elindeki kartları (Sinek As ve Sinek Papaz) bırakır.

CENGİZ:

Floşroyal.

Masadaki bulunan herkes şaşkınlıkla ağızlarını açar.

Kurpiyer, Cengiz'i göstererek konuşur.

KURPİYER:

Set. Tebrik ederim.

Cengiz, kafasını "Eyvallah." anlamında sallar. Kurpiyer'e 1.000 TL bırakır.

KURPİYER:

Teşekkür ederim.

Cengiz ve diğer ikili masadan kalkar.

CENGİZ:

Yolunacak başka tavuk kalmadığına göre, bana eyvallah. Sen de üzülme genç. Floşroyal'a kaybettin.

Cengiz, gülerek, diğer ikili normal bir surat ifadesiyle masadan uzaklaşırlar. Emre, sıkıntıyla başını masaya bırakır. Kendi kendine söylenir.

EMRE:

(Mırıldanarak) Hassiktir... Hassiktir...

(Bağırır) Hassiktir!

Emre, masaya bir yumruk atar. Diğer masadakiler bakışlarını ona çevirir. Yüksek bahis oynanan masadaki beyaz saçlı adam, uzun uzun Emre'ye bakar. Emre'nin artık tamamen çöktüğü o anda, Görevli başında biter.

GÖREVLİ:

Ding dong! Gece yarısı oldu. Senin için borcunu ödeme vakti.

Emre, kafasını yavaşça masadan kaldırır.

EMRE:

(Sıkılgan bir tavırla)

Mahmut Abi'yle görüştür beni.

Görevli önce gülümser. Yüksek bahislerin oynandığı masada bulunan kumarhanenin sahibi orta yaşlı Mahmut'la göz göze gelir. Ardından Emre'nin kafasını masaya çarpar.

GÖREVLİ:

Sen benle taşak mı geçiyon lan!

Yavşak!

Görevli, diğer masadakilere bakarak sakin olmalarını işaret eder. Emre, başını masadan kaldırmaz ve bir anda el çabukluğuyla Görevli'nin belindeki tabancayı alır.

Kumarhanede tüm masalarda oturan insanlar panikle çığlık çığlığa ayağa kalkar. Sadece yüksek bahislerin oynandığı masadaki beyaz saçlı adam yerinden kalkmaz.

EMRE:

Borcum borç! Ödeyeceğim. Ama bugün değil!

GÖREVLİ:

Silahı bırak! Yoksa leşini bile bulamayacaklar.

<u>04 KUMARHANE - YÜKSEK BAHİSLERİN OYNANDIĞI MASA - İÇ / GECE</u>

Beyaz saçlı adam, hemen yanı başındaki kumarhanenin sahibi Mahmut'a döner.

BEYAZ SAÇLI ADAM:

Bu ne kepazelik Mahmut?! Bu mu güvenli dediğin kumarhanen?!

MAHMUT:

(Panikle) Abi...

<u>05 KUMARHANE – GENEL GÖRÜNTÜ – İÇ / GECE</u>

Emre, elindeki silahı Görevli' ye doğrultmayı sürdürürken Kumarhanenin sahibi Mahmut'a seslenir.

EMRE:

Olay çıksın istemiyorum abi. Bırakın gideyim. Sözüm söz. Sadece bir hafta daha istiyorum sizden.

Mahmut, bir süre bekler.

MAHMUT:

Seni buraya kabul ederken sana güvendim Emre kardeş. Ama sen hata yaptın! Bu civarda herkes bilir. Ben hata yapanları affetmem!

Mahmut bir anda belinden çıkardığı silahı, kendi silahını kaptırarak hata yapan Görevlinin başına sıkar. Görevli kanlar içinde yere yığılır. Kadınlar ve bazı oyuncular kırmızı kapıdan dışarı çıkmaya yeltenir. Ama çelik kapı dışarıdan kapanmıştır. Emre de artık adamın yığılmasıyla şoka girmiş, elleri titremeye başlamıştır. Mahmut'un silahı ona doğrultmaya yeltendiği anda hızlı düşünür ve o da silahını masada istifini bozmadan oturan Beyaz saçlı adama doğrultur.

EMRE:

Onu öldürürüm!

Beyaz saçlı adamın üç koruması silahını Emre'ye doğrultur. Mahmut sinirlenir.

MAHMUT:

İndir lan silahı!

BEYAZ SAÇLI ADAM:

Bırak gitsin.

MAHMUT:

Abi?..

BEYAZ SAÇLI ADAM:

Gitsin dedim.

Beyaz saçlı adam Emre'ye bakmadan ona seslenir.

BEYAZ SAÇLI ADAM:

Bi dakikan var. Çabuk git buradan.

Emre ilk önce kendisine silah doğrultan dört kişiye bakar ve silahını Beyaz saçlı Adam'a doğrultmayı sürdürerek kırmızı kapıya ilerler, en sonunda da kapıdan çıkar. Beyaz saçlı Adam, Mahmut'a döner.

BEYAZ SAÇLI ADAM:

Bulun onu!

Mahmut, sinirle adamlarına bağırır.

MAHMUT:

Duymadınız mı ulan! Yakalayın şu orospu çocuğunu!

<u>06 KADIKÖY - ARA SOKAKLAR - DIŞ / GECE</u>

Emre, kendini dışarı atar. Alelacele koşmaya başlar. Saniyeler sonra Mahmut'un adamları dışarı çıkar, Emre'nin peşinden koşarlar.

<u>07 MAYA CAFE - BAHÇE – KADIKÖY - DIŞ / GECE</u>

Menekşe ve Salih, Kadıköy'ün lüks kafelerinden birinde oturmaktadır.

SALİH:

Menekşe, akşam yemeği teklifimi kabul ettiğin için gerçekten çok teşekkür ederim. Ama inan sana söyleyeceğim önemli şeyler var.

MENEKŞE:

Salih aslında benim de sana...

Salih, eliyle Menekşe'yi susturur.

SALİH:

Lütfen. Önce ben kendimi bu kadar hazırlamışken; içimden geçenleri söyleyeyim.

Menekşe, "Sen bilirsin." anlamında başıyla onaylar. Salih derin bir nefes alır, konuşmaya başlar.

SALİH:

Ben otuz altı yaşındayım Menekşe. Belki biliyorsundur, bakıma muhtaç bir annem var. Yirmi yıl önce, babam hayatımızdan çıktığından beri sadece ikimiz yaşıyoruz küçük evimizde. (Bir süre bekler.)

Nedenini bilmiyorum ama otuz altı yıl boyunca, anneme beslediğim sevgi dışında hiçbir kadına ilgi duymadım ben. Belki ona duyduğum aşırı ilgiydi. Belki de hiçbir kadını annemin yerine koyamamam. Bilmiyorum... Ama... Ama sonra bir gün... Sen geldin iş yerine. Allah biliyo ya, öylesine "Hoş geldin." demek için elimi uzattığımda; bi kere baktım yüzüne... (Bir süre bekler.) Ve o gün bugündür ben sana aşığım Menekşe.

Menekşe bir süre bekler.

MENEKŞE:

Ben... Ben ne diyeceğimi bilmiyorum. Ama Abi!

Salih, Menekşe'nin yüzüne bakar, Menekşe düzeltir.

MENEKŞE:

Salih... Sen... Sen gerçekten de çok iyi bir insansın. Ama ben sana hep abi gözüyle baktım. Abi dedim. Senle ben... Olama...

Salih, araya girer.

SALİH:

Benim hatam. Söylediklerimi unut gitsin.

Tam o sırada masalarının caddeyle bağlantısını kesen bölmenin önünden tüm hızıyla Emre geçer. Hemen arkasından da dört kişi Emre'yi takip eder. Salih ve Menekşe adamlara bakar. Salih adamların elindeki tabancaları fark etmiştir.

Salih ayaklanır.

SALİH:

Kalkalım istersen. Nasılsa daha fazla durmanın bi anlamı yok. Buralar da tehlikeli olmaya başladı.

Menekşe, başını sallar. Salih masanın üzerine para bırakır.

Cafeden dışarı çıkarlar.

(DETAY: Menekşe, masanın üzerindeki telefonunu almayı unutur.)

08 KADIKÖY - ARA SOKAK - DIŞ / GÜN

Emre, tüm gücüyle koşmayı sürdürür, en sonunda yorulur, bir apartmanın duvarına sırtını dayar, yolu gözler. Sokakta kimse gözükmemektedir. Emre, başını diğer yöne çevirdiğinde; peşindeki adamlardan biriyle karşılaşır, adam suratına yumruğu geçirir, görüntü kararır.

09 MAYA CAFE - CADDENİN KARŞISI - DIŞ / GÜN

Salih ve Menekşe, Kafenin bulunduğu sokağın karşısına geçmiş, taksi beklemektedir. Menekşe, bir anda çantasını arar, telefonunu bulamaz.

SALİH:

N'oldu?

MENEKŞE:

Telefonumu unutmuşum. Sen git istersen ben kendim giderim.

SALİH:

Olmaz öyle şey. Sen bekle ben hemen alıp, geleyim.

Salih, Menekşe'nin bir şey demesine fırsat vermeden kendini caddeye atar. Menekşe, Salih'e doğru hızla yaklaşmakta olan arabayı fark eder, bağırır.

MENEKŞE:

Salih, araba!

Salih, başını arabanın geldiği yöne çevirdiğinde; kaçmak için çok geç kalır ve arabanın çarpmasıyla birlikte önce arabanın üzerine fırlar, sonra yere yığılır. Araba durur, kalabalık oraya hareket eder, Menekşe de koşarak Salih'in yanına gider.

MENEKŞE:

Salih!

Salih'in başından akan kan alnından çaprazlamasına doğru akmaktadır. Salih, gözlerini yavaşça açar, Menekşe'ye bakar gülümser, ceketinin cebinden yüzük kutusunu çıkarır, avucunun içinde tutar.

MENEKŞE:

(Endişeli halde mırıldanarak) Benim yüzümden...

(Etrafındakilere bağırır.)

Ambulans yok mu? Ambulansı çağırın! Yardım edin! Ne bakıyorsunuz?

Salih, zorlukla konuşmaya çalışır.

SALİH:

Menekşe...

Menekşe, Salih'in kendisine fısıldadığını duyar, kulağını ona verir. Salih yüzük kutusunu sakladığı avucunu açar.

MENEKŞE:

Burdayım! Burdayım ben!

SALİH:

Bu... Bu... Abiden... Kardeşine basit bir hediye...

Menekşe, Salih'in avucunda tuttuğu yüzük kutusuna bakar.

SALİH:

Hep parmağında kalsın. Olur mu?

Salih, gülümser, başı yana devrilir, hayatını kaybeder.

Menekşe, ağlayarak Salih'in bedeninin üzerine kapaklanır.

10 KUMARHANE - İÇ / GECE

Kumarhanedeki Görevlinin cesedi kaldırılmış ama zemindeki kan izi hala durmaktadır. Emre, bağlandığı sandalyede; ağzı burnu kan içinde, kaşı patlamış halde oturmaktadır. Başında, Mahmut ve üç koruma beklemektedir. Mahmut, yumruklarını sıkar, Emre'ye bütün gücüyle bir yumruk savurur, Emre yere düşer.

MAHMUT:

Mekanımı iki paralık ettin orospu çocuğu!

Korumalar, Emre'yi sandalyeyle birlikte kaldırır.

Emre, ağzındaki dişi kanla birlikte dışarı püskürtür, peltek, peltek konuşur.

EMRE:

Abi... Bana bir hafta daha süre ver. Borcum borç! Yemin ederim ödeyeceğim.

Mahmut, kulağını Emre'nin başına yaklaştırır.

MAHMUT:

Ne? Ne dedin?

EMRE:

Bir hafta...

Mahmut, Emre'yi başından tutar, bir yumruk daha atar.

MAHMUT:

Lan piç! Silah doğrulttuğun adam kimdi biliyo musun sen? Heh! Biliyo musun?

Emre, başını "Hayır." anlamında sallar.

MAHMUT:

Bilmezsin tabii! Ben söyliyim.

Selim Çetin! Nam-ı diğer Hekim Selim!.. Senin yüzünden götümüzü sikecek Selim!

Mahmut, bir yumruk daha sallar.

MAHMUT:

Bi hafta istiyo bi de yavşak! Buraya geldiğin ilk gün... Ne dedim lan sana? Söyle!

Mahmut, Emre'nin başından tutar, Emre peltek halde konuşur.

EMRE:

Sana... Güveniyorum dedin.

MAHMUT:

Sana güveniyorum dedim dimi? Dünya'nın en güvenilmez adamları kumarbazlardır. Ama ben sana güveniyorum Emre kardeş dedim!

Mahmut, bir yumruk atar, sonra elini yandaki korumaya uzatır. Koruma silahını çıkarır, Mahmut'a verir. Mahmut, Emre'nin kafasını aşağı eğer, silahı Emre'nin kafasına doğrultur.

EMRE:

Hayır! Ölmek istemiyorum. Haaayır!

Mahmut, tabancanın tetiğini çeker, son anda kırmızı kapıdan Hekim Selim'in korumalarından biri içeri girer. Mahmut'un kulağına bir şeyler fısıldar. Mahmut, silahı Emre'nin başından çeker.

MAHMUT:

Bugün bana attığın kazık bir milyon lira ballı ibne. Sana bi hafta mühlet! Toplam borcun bir milyon üç yüz bin Lira. Getirdin, getirdin. Yoksa öldürmekten beter ederim seni!

Emre, tuttuğu nefesi bırakır. Mahmut, adamlarına seslenir.

MAHMUT:

Götürün şunu!

Korumalar, Emre'yi çözer, kollarından tutarak dışarı sürükler. Mahmut, son anda seslenir.

MAHMUT:

Ha bu arada... Malum uyarıları yapmama gerek var mı?

Emre, başını sallar.

EMRE:

Hayır!

MAHMUT:

Güzel... Son bir şey... Ben kumarbaza iki defa güvenmem. Ama artık sen kumarbaz değilsin dimi Emre kardeş?

Emre, bu defa başını "Evet!" anlamında sallar. Mahmut, adamlarına götürmelerini işaret eder.

<u>11 DISCO – BAR - İÇ / GECE</u>

Görüntü üzerinde, "Üç gün sonra..." yazmaktadır. Menekşe Disco'nun barında oturmuş içki içmektedir. Artık iyice sarhoş olmuştur. Önündeki bardağı bir yudumda bitirir. Barmene seslenir.

MENEKŞE:

Doldursana şunu!

Barmen, Menekşe'ye bakar.

BARMEN:

Biraz hızlı gidiyosunuz.

MENEKŞE:

Parasıyla değil mi?.. Sen doldur sadece...

Barmen, Menekşe'ye bakar, sonra bardağını doldurur. Menekşe, bardağı tutar, mırıldanır.

MENEKŞE:

Benim yüzümden... Benim yüzümden...

Menekşe ağlamaya başlar.

FLASHBACK'E GEÇERİZ.

<u>12 SALİH'İN EVİNİN ÖNÜ (FLASHBACK) - DIŞ / GÜN</u>

Menekşe, kapı zilini çalar, çok geçmeden kapıyı orta yaşlı bir adam açar.

ORTA YAŞLI ADAM:

Buyrun.

MENEKŞE:

(Üzgün bir tavırla) Ben baş sağlığı dilemek için gelmiştim.

ORTA YAŞLI ADAM:

Kimsiniz ki?

MENEKŞE:

Adım Menekşe. Salih Abinin...

ORTA YAŞLI ADAM:

Allah aşkına git burdan.

Menekşe anlam veremez.

ORTA YAŞLI ADAM:

Yaşlı kadın saatlerdir senin adını sayıklıyo. Bi oğlu vardı. Onu da aldın elinden. Daha hangi yüzle geliyosun buraya.

MENEKŞE:

Ben...

İçeriden Salih'in annesinin bağırışları duyulur.

SALİH'İN ANNESİ:

O geldi dimi Murat Efendi! O çıyan!.. Oğlumu aklını alan o bebek yüzlü çıyan geldi.

ORTA YAŞLI ADAM:

O değil Saliha Teyze. Benim çırak gelmiş sen dinlenmene bak.

Murat Efendi, tekrar Menekşe'ye döner.

ORTA YAŞLI ADAM:

Salih'i birazcık sevdiysen; sakın bi daha gelme buraya. Bırak kadın son günlerini seni değil; oğlunu düşünerek geçirsin.

MENEKŞE:

Nesi var ki?

ORTA YAŞLI ADAM:

Napıcaksın?.. Bilsen ne yaparsın? (Bir süre bekler.) Ama yine de söyleyeyim; belki vicdan azabı duyarsın. Beyninde tümör var. Bi hafta sonra ameliyat olacaktı. Salih her şeyi ayarlamıştı. En önemlisi de parayı. Ama az önce banka aradı. (Bir süre bekler.) Şaka gibi dimi? İlk önce baş sağlığı dilediler. Sonra da bir milyon Liralık Krediyi iptal ettiklerini... Zaten bu saatten sonra çok fazla yaşamak isteyeceğini de sanmıyorum. Sen de bir daha gelme en iyisi...

Menekşe, başını üzgün bir şekilde "Tamam." anlamında sallar. Kapı kapanır, Menekşe arkasına döner, yürümeye başlar. Çok geçmeden ellerini yüzüne götürür, hüngür hüngür ağlar.

FLASHBACK BİTER.

<u>13 DISCO – BAR - İÇ / GECE</u>

Menekşe, önündeki bardağı ardı ardına yudumlarla bitirir, bardağı doldurması için Barmen'e uzatır. Sahne değişir.

<u>14 EMRE'NİN EVİ'NİN ÖNÜ - DIŞ /GECE</u>

Emre, dairesinin bulunduğu apartmanın, karşı sokağından gözükür. Kafası sargılı, yüzü morluklar içindedir. Ağır adımlarla karşıya geçer, apartmana yürür. Cebinden anahtarları çıkarır, dış kapıyı açar.

<u>15 APARTMAN - GİRİŞ KAT - İÇ / GECE</u>

Emre, apartmana girer. Posta kutusunu açar, posta kutusunda hepsi onun adına üç zarf yere düşer. Emre, zarfları yerden alır.

(DETAY: Zarflardan biri Kredi

Kartı, diğeri İcra Memurluğundan gelen Tebligatname, diğeri de Cep telefonu faturasıdır.)

Emre, faturaları sıkıntılı bir yüz ifadesiyle eline alır, asansöre biner.

<u>16 EMRE'NİN EVİ - KAPI ÖNÜ - İÇ / GECE</u>

Emre, asansörden çıkar. Dairenin kapısına doğru yürür. Kapıda kendisi için bırakılmış bir not bulur.

(DETAY: Kapısına asılan notta; "Üç aylık birikmiş kira borcunuzu, bir haftaya kadar ödemezseniz; yasal işlem Başlatılacaktır. Ev

Sahibi, AHMET GÜNDOĞDU" yazmaktadır.)

Emre, notu okur, söylenir.

EMRE:

Bir hafta ha. Bir hafta...

Emre, kapıyı açar, içeri girer.

<u>17 EMRE'NİN – EVİ - İÇ / GECE</u>

Emre, eve girer, odanın ışığını açar. (DETAY: Emre'nin iki odalı küçük bir öğrenci evini andıran evi, dört bir yana savrulmuş giysiler ve eşyalarla birlikte oldukça dağınık bir ev görüntüsü vermektedir.)

Emre, odanın ışığını açar açmaz kendini karşıdaki kanepeye bırakır ve elini acıyla zonklayan başına götürür.

EMRE:

Başım...

Tam o sırada cep telefonu çalmaya başlar. Emre cebinden telefonunu çıkarır, arayanın kim olduğuna bakar. Arayan Kenan'dır. Emre bir süre bekler ve telefonunu açar.

EMRE:

Alo!

KENAN:

(TELEFONDAN) Nerdesin oğlum sen?!

EMRE:

İşlerim vardı biraz. N'oldu?

KENAN:

(TELEFONDAN) Bi şey olduğu yok oğlum. Ne zamandır sesin soluğun çıkmayınca bi arıyım dedim. Boşsan geliyorum yanına.

EMRE:

Kenan baksana. Aslında pek boş değilim. Yani bi hafta görüşmesek iyi olur.

KENAN:

(TELEFONDAN)

(Gülerek)

Sevgilin miyim oğlum ben senin? Bi hafta görüşmesek filan... Hayırdır n'oldu?

EMRE:

Bi şey olduğu yok oğlum. Biraz işim var sadece.

KENAN:

(TELEFONDAN) Oğlum ne saklıyosun lan? Ben senin en iyi arkadaşın değil miyim yavşak?

EMRE:

(Sesini yükseltir) Hay amına koyayım. İşim var oğlum işte! İşim var. Bu hafta beni tanımıyosun tamam mı? Senin iyiliğin için diyorum, Emre diye bi arkadaşın yok senin bu hafta.

KENAN:

(TELEFONDAN) Kumarhaneye gittin dimi yine! Ne kadar borç yaptın söyle.

EMRE:

(Bir süre bekler) Bir milyon üç yüz bin.

KENAN:

(TELEFONDAN) Kaç?

EMRE:

Duydun lan işte. Kefilim olmak istemiyosan, bi hafta benden uzak dur!

KENAN:

(TELEFONDAN)

Nasıl ödeyeceksin oğlum o parayı?

EMRE:

Bi yolunu bulacağım. Hadi kapat şimdi görüşürüz sonra.

KENAN:

(TELEFONDAN) Lan oğlum bak her türlü yardıma hazırım ben ha! Kendine dikkat et.

EMRE:

Tamam, sağ ol. Hadi görüşürüz.

KENAN:

(TELEFONDAN) Görüşürüz.

Emre, telefonu kapatır. Derin bir nefes verir, ellerini sıkıntıyla yüzüne götürür.

18 MENEKŞE'NİN EVİNİN ÖNÜ - DIŞ / GECE

Menekşe, taksiden sarhoş halde iner. Yalpalaya, yalpalaya ev kapısının önüne gelir, çantasından güç bela anahtarlarını çıkarır, eve girer.

19 MENEKŞE'NİN EVİ - İÇ / GECE

İdil evde televizyon izlemektedir. Dış kapının sesini duyar duymaz kapıya koşar.

İDİL:

Kızım nerdesin sen? Telefonlara da bakmıyosun.

Menekşe, sarhoş halde bir yandan ayakkabılarını çıkarır, diğer yandan cevap vermeye çalışır.

MENEKŞE:

İdil, üstüme gelme olur mu?

İDİL:

Olan oldu artık Menekşe. Salih Abi'yi biz de seviyorduk. Ama senin yüzünden ölmedi o. Anladın mı? Bunun için her gece zil zurna sarhoş olmana gerek yok.

MENEKŞE:

İdil lütfen!.. (Bir süre bekler.) Bunları daha sonra konuşalım. Ben yatıyorum, sana iyi geceler.

Menekşe, İdil'in yanından geçer, odasına girer, kapıyı kapatır. İdil, Menekşe'nin hareketlerine anlam veremeden arkasından bakakalır.

<u>20 APARTMAN ÇATISI - DIŞ / GÜN</u>

Görüntü üzerinde, "Bir hafta sonra..." yazmaktadır. Emre apartmanın çatısının ucundan, aşağıya bakmaktadır. Kafasındaki sargı artık yoktur. Ama yüzünde yer yer morluklar hala vardır. Bir anda ellerini açar, vücudunu aşağıya bırakacakmış gibi bir görüntü alır. Tam o sırada telefonu çalar, hoşnutsuz bir şekilde telefonu cebinden çıkarır, arayanın Kenan olduğunu görür. Önce, telefonu meşgule düşürür, sonra kapatır. Tekrar aşağıya atlamaya yeltenir, sağ ayağının altından ufak beton parçaları kopar, son anda vazgeçer, mırıldanır.

EMRE:

Hayır, böyle değil.

<u>21 MENEKŞE'NİN EVİ - İÇ / GÜN</u>

Menekşe yüzü gözü şişmiş halde oturduğu kanepede televizyon izlemektedir. Önündeki masada siyah ve kırmızı olmak üzere iki kutu vardır. Kırmızı kutu yüzük kutusudur. Siyah kutu yüzük kutularına benzemeyen daha küçük bir kutudur. Bu arada bir anda kanepenin üzerine bıraktığı hemen yanındaki cep telefonu çalar, arayanın İdil olduğunu görür, cep telefonunu açar.

MENEKŞE:

Efendim.

İDİL:

(TELEFONDAN) Menekşe n'apıyosun?

MENEKŞE:

Hiiç. Oturuyorum öyle.

İDİL: (TELEFONDAN)

Kızım ne diycem. Biz arkadaşlarla iş çıkışında, yemeğe gidicez Üsküdar'a. Sen de gelsene. Yıllık izindesin zaten. Bi şey yaptığın yok. Senin için de iyi olur.

MENEKŞE:

Siz gidin benim canım istemiyo. İşim var evde.

İDİL:

(TELEFONDAN) Ne işin var be kızım? Bi haftadır kapattın kendini eve. Hayata dön artık biraz.

MENEKŞE:

Siz gidin İdil. Gerçekten işim var evde.

İDİL:

(TELEFONDAN) İyi peki sen bilirsin. Ben biraz geç gelirim bu gece eve. Dışarıdan bi şey istiyo musun?

MENEKŞE:

Yok sağ ol.

İDİL:

(TELEFONDAN) İyi akşama görüşürüz o zaman. Bak selamları var bizimkilerin.

MENEKŞE:

Görüşürüz. Sen de selam söyle.

Menekşe, telefonu kapatır, masanın üzerindeki kırmızı kutuyu alır, içindeki yüzüğü çıkarıp, parmağına takar. Gözleri yaşlanır, gözlerini siler. Sahne değişir.

22 TEKEL BAYi - DIŞ / GECE

Gün akşam olmuştur. Emre, Tekel Bayiine girer. Parayı uzatır.

EMRE:

Votka. 70'lik.

Adam, önce parayı alır. Sonra 70'lik Votkayı gazete kağıdına sarar, Emre'ye verir. Emre votkayı alır, bayiden çıkar.

23 SAHİL KENARI - ÜSKÜDAR - DIŞ / GECE

Emre, Üsküdar sahilinde, kayık kalıntısının üzerinde votkadan bir yudum alır, Kız Kulesi'ni seyre dalar. Sonra sarhoş olmuş halde saatine bakar. Kendi kendine söylenir.

EMRE:

Zaman doldu Mahmut Abi! Al bakalım paranı.

Emre, kendi kendine güler, cebindeki siyah kutuyu çıkarır, kutuyu açar.

(DETAY: Kutunun içinden fazla büyük olmayan beyaz bir hap çıkar. Aynı zamanda kutunun içinde dörde katlanmış küçük bir kağıt vardır.)

Emre, hapı çıkarır. Baş ve işaret parmağıyla tutarak hapı inceler.

24 MENEKŞE'NİN EVİ - İÇ / GECE

İdil, kapıyı açar, içeri girer. Öbür odada olduğunu tahmin ettiği Menekşe'ye seslenir.

İDİL:

Kızım gelmediğine pişman olacaksın. Ne muhabbetler döndü ne muhabbetler...

Odadan ses gelmez. İdil, şüphelenir.

İDİL:

Yattın mı tavuk gibi hemen!

İdil, odanın kapısını açar.

25 MENEKŞE'NİN EVİ - ODA İÇ / GECE

İdil, Menekşe'yi baygın halde görür. Yanına gider, masanın üzerindeki ilaç kutusunu fark eder, endişelenir.

İDİL:

Menekşe!..

Menekşe'yi uyandırmaya çalışırken, onun intihar ettiğini anlar endişeli halde bağırır.

İDİL:

Menekşe!

<u>26 ÜSKÜDAR SAHİLİ - DIŞ / GECE</u>

İki devriye polisi sahilde turlarken, Emre'ye rastlar.

1.POLIS:

Alkolik doldu memleket. Sızmış lavuk! Kaldır şunu da bir Gebetesine bakalım.

Polis, Emre'ye yaklaşır, uyandırmaya çalışır.

2.POLİS:

Şişşt. Kalk bakalım. Aloo! Üsküdar da sabah oldu.

2.Polis, 1. Polis'e bakarak gülümser.

1.POLİS:

Bırak iğrenç esprilerini! Kaldır hadi şunu kaldır!

1.POLİS:

Aloo. Hemşerim. Kalk hadi kalk.

2.Polis, bu sırada Emre'nin elindeki ilaç kutusunu fark eder.

2.POLİS:

Amirim bu ya hapçı ya da intihar etmiş.

2.Polis sözünü bitirir, Emre'nin nabzını yoklar tekrar amirine döner.

2.POLİS:

Amirim intihar etmiş bu!

1.Polis bunun üzerine elindeki telsize konuşur.

1.POLİS:

5677 Merkez...

Bu arada yolun kenarına bir ambulans yanaşır.

2.Polis bunu fark eder.

1.POLİS:

Bizden önce biri aramış amirim. Geldi ambulans.

<u>27 HASTANE - ACİL KAPISI ÖNÜ - DIŞ / GECE</u>

Ambulans, Hastanenin Acil Kapısına yanaşır. Sedye, Hastane görevlileri tarafından Ambulansın yanına getirilir. Ambulansın içinden Menekşe çıkar, İdil de hemen onun yanında endişeli bir şekilde hastane girişine kadar sedyeye eşlik eder.

<u>28 HASTANE - ACİL KAPISI ÖNÜ - DIŞ / GECE</u>

Hastanenin Acil Girişine bir başka Ambulans yanaşır. Bu defa görevliler Ambulansın yanına başka bir sedye yanaştırır, bu defa Emre'yi Acil kapısından geçirirler.

<u>29 EMRE'NİN EVİ'NİN ÖNÜ - DIŞ / GECE</u>

Kenan defalarca Emre'nin zilini çalar, açan olmaz. Bu defa cep telefonunu çıkarır, Emre'yi telefondan arar. Telefon uzun süre çalar, en sonunda açılır.

KENAN:

Alo. Nerdesin lan ne zamandır?

POLİS:

(TELEFONDAN)

Eee. Ben polis memuru İsmail

Tandoğan. Kenan, endişelenir.

KENAN:

Emre nerde?

POLİS:

(TELEFONDAN) Siz arkadaşı mısınız?

KENAN:

Evet, en yakın arkadaşıyım.

POLİS:

(TELEFONDAN)

Beyfendi, arkadaşınız şu anda Özel Üsküdar Metropol Hastanesi'nde.

Alkol koması ya da intihardan şüpheleniyoruz. Ama şu anda korkulacak bir şey yok.

KENAN:

Hay Allah! Hemen geliyorum.

POLİS:

(TELEFONDAN) Ailesine haber verebilme ihtimaliniz var mı?

KENAN:

Bi ailesi yok amirim. Tek dostu benim.

POLİS:

(TELEFONDAN) Anladım, peki oldu.

Kenan, telefonu kapatır. Endişeli bir şekilde kendi kendine söylenir.

KENAN:

Ne yaptın oğlum sen ya?!

Kenan, hemen yoldan bir taksi çevirir, taksiye atlar.

<u>30 HASTANE - YOĞUN BAKIM ÜNİTESİ - İÇ / GECE</u>

Emre ve Menekşe iki ayrı yatakta ventilatör cihazına bağlı halde yan yana yatmaktadır.

<u>31 HASTANE - YOĞUN BAKIM ÜNİTESİ - DIŞ GÖRÜNÜŞ - İÇ / GECE</u>

İdil, pencereden yoğun bakım ünitesine bağlı Menekşe'yi gözü yaşlı halde izlemektedir. Kenan, telaşlı bir halde arkasından belirir, cam bölmeden içeri bakar, Emre'yi görür.

KENAN:

Ah be kardeşim. Naptın sen ya?!

İdil, arkasına döner, Kenan ile göz göze gelir. Kenan sıkıntılı bir halde elini başına götürür.

İDİL:

Geçmiş olsun.

KENAN:

Sağ olun size de.

O sırada Doktor elinde dosya ile birlikte onlara yaklaşır.

DOKTOR:

Menekşe Hanım'ın yakını...

İDİL:

Benim. Durumu nasıl doktor bey?

Doktor elindeki dosyayı son bir kez göz gezdirir, konuşur.

DOKTOR:

Önemli bir şeyi yok. Midesi yıkandı ama şu an gayet iyi. Aldığı ilacın etkisiyle uyuyor. Bir kaç saate uyanır.

İdil, rahatlar.

İDİL:

Allah'ım sana şükürler olsun. (Bir süre bekler.) Ne zaman taburcu olur peki?

Bu arada Kenan, bir kulağıyla onları dinlemektedir.

DOKTOR:

İlaca bağlı zehirlenmelerde gerekli kontrolleri yapabilmek adına birkaç gün müşahede altında tutuyoruz. Ama dediğim gibi şu an için önemli bir şey gözükmüyor.

İDİL:

Anladım. Çok sağ olun.

DOKTOR:

Geçmiş olsun.

Doktor, tam dönüp gidecekken, hemen arkasından Kenan seslenir.

KENAN:

Doktor bey!

DOKTOR:

Buyrun.

KENAN:

Benim de arkadaşım var içeride.

Doktor, Kenan'ın kimden bahsettiğini anlamadığını belirten bir mimik yapar.

KENAN:

Yoğun bakım odasındaki diğer hasta.

Emre... Emre Toksoy.

DOKTOR:

(Bir süre düşünür.) Hımmm! Evet.

Elindeki dosyalara göz atar, konuşmaya devam eder.

DOKTOR:

Emre'yle Ünal Bey ilgilenmiş. Birazdan buralarda olur. Ya da dilerseniz odasına kadar götürebilirim sizi.

KENAN:

Daha iyi olur. Gidelim.

Kenan, Doktor ile birlikte koridorda ilerler.

<u>32 HASTANE - MENEKŞE'NİN KALDIĞI ODA - İÇ / GÜN</u>

Hastaların kaldığı standart odalardan biri... İçeride dört yatak var. Üçü boş... Birinde Menekşe yatıyor... İdil ise, yatağın başucundaki sandalyede oturmuş Menekşe'nin saçlarını okşamaktadır. Menekşe yavaş yavaş gözlerini açar, mırıldanır.

MENEKŞE:

Nerdeyim ben?

İDİL:

Sonunda... Allah'ım sana şükürler olsun. Canım nasıl hissediyosun kendini?

MENEKŞE, SANIYELERCE İdil'in yüzüne bakar, hoşnutsuz bir surat ifadesiyle konuşur.

MENEKŞE:

Sen kimsin?!

İdil, Menekşe'nin sorusuna bir anlam veremez.

İDİL:

Kızım benim tanımadın mı?

MENEKŞE:

(Kendini zorlayarak) Hayır...

İDİL:

(Hafiften gülümser) Şaka mı yapıyosun?

MENEKŞE:

(Bağırır.)

Allah aşkına sorularıma cevap ver. Hiçbir şey hatırlamıyorum ben!

İdil bir anda endişelenir, hastane odasının kapısını açar, koridora seslenir.

İDİL:

Doktor Bey!

DÖNÜŞÜMLÜ OLARAK EMRE'NİN ODASINA GEÇERİZ.

<u>33 HASTANE - EMRE'NİN KALDIĞI ODA - İÇ / GÜN</u>

Emre de hasta yatağında yatmakta, Kenan başucundaki sandalyede oturmaktadır.

(DETAY: Emre'nin kolunda serum takılıdır.)

KENAN:

(Şaşkın halde)

Oğlum Kenan'ım lan ben. Nasıl hatırlamıyosun beni!

Emre, sinirlenir, elini başına götürür.

EMRE:

Lütfen sorumlu birilerini çağırır mısın?

34 HASTANE - MENEKŞE'NİN KALDIĞI ODA – İÇ / GÜN

Menekşe, yatar halde İdil'i dinlemektedir.

İDİL:

Neyse Allah'tan geçiciymiş. İçtiğin ilacın etkisiyle sanırım.

MENEKŞE:

(Endişeli)

Hiç hatırlayacak mışım gibi gelmiyo ama...

İDİL:

Canım zorlama kendini. Doktor

"Birkaç güne hatırlarsın." dedi ya.

35 HASTANE - EMRE'NİN KALDIĞI ODA – İÇ / GÜN

KENAN:

Şimdi nasıl hissediyosun kendini kardeşim?

EMRE:

Senden bişey rica edebilir miyim?

KENAN:

Tabii oğlum ne demek?

EMRE:

Bak, sayende öğrendim. En yakın arkadaşımmışsın. O yüzden yanlış anlama... Beni biraz yalnız bırakabilir misin?..

Kenan, bozulur.

KENAN:

(Yabancı biriyle konuşur gibi.)

Tabii sen dinlenmene bak.

Kenan odadan çıkarken kendi kendine mırıldanır.

KENAN:

Nasıl bi adam oldun sen anasını satayım. Borç işini n'aptı acaba?..

<u>36 HASTANE - MENEKŞE'NİN KALDIĞI ODA - İÇ / GÜN</u>

Odanın kapısı açılır, iki hemşire içeri girer. Hemşirelerden biri stetoskop ile Menekşe'nin tansiyonunu ölçerken, diğer hemşire şırınga hazırlamaktadır.

İDİL:

Neyse canım, sen şimdi dinlen biraz. Ben kantine gidiyorum.

İstediğin bi şey var mı kantinden?

Menekşe, kafasını "Hayır." anlamında sallar, İdil odadan çıkmak üzereyken; İdil'e seslenir.

MENEKŞE:

İdil!..

İdil, Menekşe'ye döner.

MENEKŞE:

Özür dilerim... Bağırdığım için.

İDİL:

Tamam, şimdi hafızanı kaybettiğine kesin ikna oldum.

Menekşe gülümser, İdil de gülümseyerek odadan çıkar.

<u>37 HASTANE – KANTİN - İÇ / GÜN</u>

Kenan kantine iner, masada tek başına oturan İdil'i görür. Birkaç poğaça ve iki çay alır, İdil'in masasına yaklaşır.

KENAN:

Merhaba.

İDİL:

Merhaba.

KENAN:

(Gülümseyerek)

Çay içer misiniz? Poğaçada aldım.

İDİL:

Aslında... Ben alacaktım ama şimdi.

KENAN:

İyi işte bi daha kalkmanıza gerek kalmadı.

İDİL:

(Gülümseyerek) Teşekkür ederim.

KENAN:

Oturabilir miyim?

İDİL:

Tabii lütfen.

KENAN:

Arkadaşınızın durumu nasıl?

İDİL:

Hiçbir şey hatırlamamasını saymassak, gayet iyi.

KENAN:

Hafızasını mı kaybetti?

İDİL:

Evet. Kenan, şaşırır.

KENAN:

Yok artık, tesadüfe bak.

İDİL:

Niye?

KENAN:

Benim arkadaşım da aynı durumdan müzdarip.

İDİL:

N'olmuştu ki arkadaşınıza?

KENAN:

Hatalı ilaç kullanımı diyelim.

İDİL:

İntihar mı?!

KENAN:

Büyük ihtimalle...

İDİL:

İnşallah bu kadar tesadüfün altından kötü bir şey çıkmaz.

KENAN:

Belki de daha önce görmediğimiz için bize tesadüf geliyor. Yoğun bakıma sürekli nasıl insanlar geliyor? Bi günde kaç insan intihara kalkışıyor bilmiyoruz. Oysa belki de bi hemşireye sorsak; "Ne var bunda?" diycek.

İDİL:

Haklı sayılırsınız aslında... Buradaki hastaları gördükçe; ne kadar bencil bir hayat sürdüğümüzü daha iyi anlıyor insan.

<u>38 HASTANE - EMRE'NİN KALDIĞI ODA - İÇ / GÜN</u>

Emre hastanenin kapı aralığından dışarıda kimse olup, olmadığına bakmaya çalışır. Dışarıda kimse olmadığına ikna olduğunda, kolundaki serum şişesini çıkarır, ayağa kalkar. Sendeleyerek odanın kapısına doğru yönelir.

<u>39 HASTANE - MENEKŞE'NİN KALDIĞI ODA - İÇ / GÜN</u>

Hemşireler, Menekşe'nin tedavisini tamamlar, odadan çıkmaya hazırlanır.

MENEKŞE:

Hemşire Hanım. Kapı açık kalabilir mi? İçeri biraz hava girsin.

HEMŞİRE:

Tabii. Bir isteğiniz olursa; hemen yanınızdaki butona basarsınız.

Tekrar geçmiş olsun.

MENEKŞE:

Sağ olun.

40 HASTANE - EMRE'NİN KALDIĞI ODA – KORIDOR - İÇ / GÜN

Odanın kapısı açılır, Emre kapıdan çıkar. Oldukça bitkin halde duvarlardan destek alarak; Menekşe'nin odasına kadar ilerler, gücü biter, bir anda yere düşer. Emre kafasını kaldırıp doğrulmak istediği sırada Menekşe ile göz göze gelir ve tekrar yere yığılır. Menekşe'nin, Emre'nin düşüşünü odasının açık olan kapısından gördüğünü görürüz.

41 HASTANE – MENEKŞE'NİN KALDIĞI ODA – İÇ / GÜN

Menekşe yatağından doğrularak yanındaki butona basar.

42 HASTANE - MENEKŞE'NİN KALDIĞI ODA – KORIDOR - İÇ / GÜN

İki hemşire gelir, Emre'yi koluna girerek odasına götürür.

HEMŞİRE:

Beyfendi ne yaptığınızı sanıyorsunuz?

EMRE:

Biraz hava almak istedim sadece.

<u>43 HASTANE - MENEKŞE'NİN KALDIĞI ODA - İÇ</u> / GÜN

Hemşirelerden biri, biraz sonra Menekşe'nin odasına gelir.
HEMŞİRE:
Buyrun, Menekşe Hanım!
MENEKŞE:
Az önceki beyefendinin düştüğünü gördüm de; onu haber vermek için bastım butona.
HEMŞİRE:
Peki, teşekkür ederiz.
Hemşire, odayı terk edecekken Menekşe seslenir. Hemşire arkasına döner.
MENEKŞE:
Onun nesi var?
HEMŞİRE:
Efendim?
MENEKŞE:
Az önce düşen beyefendinin!
HEMŞİRE:
Amnezi ve Septisemi tespit edildi.
MENEKŞE:
Septisemi?..
HEMŞİRE:
Kan zehirlenmesi.
MENEKŞE:
Önemli bir şey mi ki?!
HEMŞİRE:
Üzgünüm, hastalarımız hakkında daha fazla bilgi paylaşamam. Size tekrar geçmiş olsun.
Hemşire sözlerini tamamladıktan odayı terk eder.

<u>44 HASTANE – KANTİN - İÇ / GÜN</u>

Kenan ile İdil, sohbete devam etmektedir.

KENAN:

Onun böyle bir şeye kalkışacağını hiç tahmin etmiyordum aslında. Biraz borcu olduğunu biliyordum ama...

İDİL:

Menekşe de yakın zamanda değer verdiği birini kaybetti. Aslında benim hatam. Son zamanlarda o kadar kötü olduğunu anlayamadım.

KENAN:

Kendinizi suçlamayın bence. En azından şu anda iyiler.

İDİL:

Evet tek avuntumuz bu şimdilik. Umarım bir daha olmaz böyle bir şey.

KENAN:

Umarım.

Bir süre sessizlikten sonra İdil sessizliği bozar.

İDİL:

Ben artık arkadaşımın yanına döneyim. Bu halde fazla yalnız bırakamam.

İdil tokalaşmak için elini Kenan'a uzatır. Kenan İdil ile tokalaşırken konuşmaları devam eder.

İDİL:

Bu arada ben İdil. Tanıştığıma memnun oldum.

KENAN:

(Gülümseyerek)

Doğru ya biz onu unuttuk. Bende Kenan. Tanıştığıma memnun oldum. Arkadaşınız için tekrar geçmiş olsun.

İDİL:

Sağ olun. Sizin de arkadaşınıza geçmiş olsun.

İdil sözlerini tamamladıktan sonra kantinden uzaklaşır.

<u>45 POLİS MERKEZİ - BAŞ KOMİSER ODASI - İÇ /</u>
<u>GÜN</u>

Baş komiser koltuğunda oturmuş önündeki evrakları kontrol etmektedir. Kapı çalar.

BAŞ KOMİSER:

Gir.

Odanın kapısından içeri elinde dosyalarla bir polis memuru girer.

POLİS:

Amirim?..

BAŞ KOMİSER:

Gel Tuğrul gel. Hayırdır?

POLİS:

Amirim dün Özel Üsküdar Metropol Hastanesindeki intihar vakaları ile ilgili doktor raporları elimize ulaştı.

BAŞ KOMİSER:

Neymiş sonuçlar?

POLİS:

Uyku hapıyla intihar vakası. Tabii ismi Emre olan şahıs ilaçla birlikte alkol de alınca kan zehirlenmesi de olmuş.

BAŞ KOMİSER:

Bir araştırın bakalım uyku hapının markası neymiş? Neden intihara kalkışmışlar?

POLİS:

Onu da araştırdık amirim. Emre'nin baya borcu varmış. Kredi kartı filan... Menekşe de yakın zamanda arkadaşını kaybetmiş.

Depresyondaymış sanırım.

BAŞ KOMİSER:

Bu bilgileri nerden aldın?

POLİS:

Olay gecesi şahısların yakınları yani arkadaşlarının verdiği ifadelerden.

BAŞ KOMİSER:

Ailelerine bilgi verdiniz mi?

POLİS:

Aileleri yok amirim. Emre yetiştirme yurdunda büyümüş, Menekşe ise Filistinli bir aileden evlat edinilerek Türkiye'ye getirilmiş ancak evlat edinen aile Doksan dokuz depreminde hayatını kaybetmiş. Menekşe'yi elli dört saat sonra çıkarmışlar enkaz altından. Malum o da yetiştirme yurduna yerleştirilmiş.

Baş Komiser kendi kendine söylenir.

BAŞ KOMİSER:

İki intihar vakası, iki kimsesiz insan...

Bir süre sessiz kaldıktan sonra devam eder.

BAŞ KOMİSER:

Neyse şimdilik bu konuyu beklemeye alın. Neydi o dün evinde ölü bulunan kadının adı?..

POLİS:

Bilgin Kurçenli.

BAŞ KOMİSER:

Heh. Onun otopsi raporunu getirin.

POLİS:

Hemen amirim.

Polis memurunun odadan çıkışıyla sahne değişir.

<u>46 HASTANE - EMRE'NİN KALDIĞI ODA - İÇ / GÜN</u>

Emre yatakta yatmakta, Kenan başucundaki sandalyede oturmaktadır.

KENAN:

Oğlum ne acelen var lan? Hemen kalkıp, gitmişsin.

EMRE:

Canım sıkıldı. (Bir süre bekler.) Hiçbir şey hatırlamıyorum. Anasını satayım, hiçbir şey hatırlamıyorum!..

Emre, yatağa yumruk atar.

KENAN:

Kardeşim sakin ol. Doktor birkaç güne kalmaz hatırlayacaksın dedi ya. Boş yere kendini yorup, tedavi sürecini de riske sokma.

Bir süre sessizlikten sonra sahne değişir.

<u>47 HASTANE - MENEKŞE'NİN MÜŞAADE ODASI - İÇ / GÜN</u>

Menekşe yatağında oturur halde durmakta; hemen başucundaki sandalyede ise İdil oturmaktadır.

İDİL:

Şimdi nasıl oldun bakalım?

MENEKŞE:

Nasıl olacak? Aynı... Hiçbir şey hatırlamıyorum.

İDİL:

Merak etme iyileşeceksin. Sadece biraz zaman... Hepsi bu!

MENEKŞE:

Ya hiç hatırlayamazsam?! O zaman n'olcak?

İDİL:

Az biraz sabret. Bir kaç güne hiçbir şeyin kalmayacak.

MENEKŞE:

O değil de, sen dışarıdayken birisi kapının önünde yere yığıldı. Bende hemşirelere haber verdim... Hastalığı Septisemi miymiş neymiş?.. Sordum kan zehirlenmesi dedi. (Bir süre bekler) Haaa bir de Amnezi dedi. Amnezi ne demek biliyor musun?

İDİL:

Onu da söylemedi mi hemşire?

MENEKŞE:

Hastaları hakkında fazla bilgi paylaşamıyorlarmış.

İDİL:

Amnezi senin yaşadığının aynısı.

Hafıza kaybı yani.

MENEKŞE:

Hadi be! Benim gibi biri daha mı var hafızasını kaybeden?

İDİL:

Aaa şimdi hatırladım. Tamam. Hatta senden hemen sonra getirdiler onu hastaneye. Kantinde arkadaşıyla tanıştım. Hemen yanımızdaki odada kalıyormuş. Durumu senden biraz daha ağır galiba. Ben bir bakıyım geliyim en iyisi. Hem bir geçmiş olsun derim.

İdil, sandalyeden kalkıp odanın kapısına doğru yönelir. Hemen arkasından Menekşe seslenir.

MENEKŞE:

Bekle birlikte gidelim. Hem bende bir yürümüş olurum.

İDİL:

Emin misin? Sen zorlama kendini hiç bence.

MENEKŞE:

Merak etme, iyiyim ben. Sadece hafızam yok o kadar.

İDİL:

(Gülümseyerek) İyi o zaman.

Menekşe yataktan kalkar. İdil, Menekşe'nin koluna girer ve birlikte odadan çıkarlar.

<u>48 HASTANE - MENEKŞE'NİN KALDIĞI ODA – KORIDOR - İÇ / GÜN</u>

Odanın kapısı açılır, Menekşe ile İdil kolkola kapıdan çıkar, Emre'nin kaldığı odaya doğru ilerler.

<u>49 HASTANE - EMRE'NİN KALDIĞI ODA - KORIDOR – İÇ GÜN</u>

İdil, kapıyı tıklatır.

<u>50 HASTANE - EMRE'NİN KALDIĞI ODA – İÇ GÜN</u>

Kenan oturduğu koltuktan kalkarak kapıyı açar.

<u>51 HASTANE - EMRE'NİN KALDIĞI ODA – KORIDOR – İÇ GÜN</u>

Kapı açılır açılmaz İdil ile Menekşe, Kenan ile karşı karşıya gelir.

İDİL:

Menekşe, arkadaşının düştüğünü görmüş de, merak ettik. Bir şeyi yoktu umarım.

KENAN:

Yok, şu an gayet iyi.

Kenan, Menekşe'ye döner.

KENAN:

Size de geçmiş olsun.

MENEKŞE:

Sağ olun.

KENAN:

Buyrun içeri gelin.

Menekşe ile İdil içeri girerler.

<u>52 HASTANE - EMRE'NİN KALDIĞI ODA - İÇ / GÜN</u>

Emre, İdil ile Menekşe'yi görünce oturma vaziyetine geçer. Kenan, yerini Menekşe'ye bırakır. İdil boş olan diğer sandalyeye oturur. Kenan ayakta kalır.

İDİL:

Geçmiş olsun... Sakın rahatsız olmayın. Sizi merak ettik de, bir geçmiş olsun diyip gidecektik.

Emre, Kenan'a "Bunlar kim?" anlamında bir bakış atar. Kenan Menekşe'yi göstererek cevaplar.

KENAN:

Dün gece seninle aynı anda hastaneye kaldırılan ve aynı hastalıktan müzdarip arkadaş...

Menekşe araya girer.

MENEKŞE:

Menekşe!

Kenan konuşmasını sürdürür.

KENAN:

Menekşe'ydi doğru ya... Bu da onun arkadaşı İdil.

Emre, önce Menekşe'ye sonra İdil'e bakar. En sonunda ortaya konuşur.

EMRE:

Benim de adım Emre'ymiş. En yakın arkadaşım olduğunu iddia eden arkadaş öyle söyledi.

Emre, sinirlenerek kafasını sallar, kendi kendine mırıldanır.

EMRE:

Bir şeyler hatırlamak istiyorum. Ama daha kafa kurcalayıcı şeyler karşıma çıkıyo.

Kenan araya girer.

KENAN:

(Öksürerek)

İçinde bulunduğu durumu henüz kabullenemedi.

İDİL:

Biz en iyisi müsaadenizi isteyelim o zaman. Tekrar geçmiş olsun.

İdil ile Menekşe kapıya doğru yönelirler. Menekşe arkasını dönüp, Emre'ye bakarak konuşmasını sürdürür.

MENEKŞE:

Bende sizinle aynı durumdayım, ama sizin gibi bu kadar olumsuz bakmıyorum yanımdakilere. Bence size yardım etmek için gelen insanlara, hafızanız yerine geldiğinde pişman olacağınız şeyler söylemeyin.

İdil, Menekşe'ye "Sus." anlamında bir bakış atar.

EMRE:

Hiç hafızanın yerine gelmeyebileceğini düşündün mü peki? Belki de çok farklı bir hayatın olduğunu... Çünkü; (Kenan'a bakarak konuşur.) Kenan'dı değil mi?.. O bana ailemin olmadığını söyledi. Şimdi de aynı gece benimle aynı durumda hastaneye yatırılan biri daha olduğunu öğreniyorum. Tesadüf mü şimdi bu?.. (Bir süre bekler.) Hafızamı kaybettim ama mantığımı kaybetmeme izin vermem.

MENEKŞE:

İnsanlara bu kadar güvenini kaybetmiş birinin; bir ailesi olabileceği ihtimali de bana mantıklı gelmiyo.

EMRE:

(Sinirlenir.)

Defolun gidin odamdan!

MENEKŞE:

Merak etme, moralimi daha fazla bozmana izin vermiycem zaten.

Menekşe ile İdil odadan çıkarlar. Kenan, Emre'ye, "Ne yaptın oğlum?" gibilerinden bir bakış atar sonra o da odadan çıkar.

<u>53 HASTANE - EMRE'NİN KALDIĞI ODA – KORIDOR - İÇ / GÜN</u>

Menekşe ve İdil odalarına doğru yürürken, Kenan arkalarından seslenir.

KENAN:

Ya kusura bakmayın. Hiçbir şey hatırlamıyo. Anlattıklarımı da kabullenmiyo. O yüzden çok hırçınlaştı.

IDIL:

Asıl siz kusura bakmayın. Arkadaşınızın durumunu bilmeden hemen daldık odaya.

KENAN:

Olur mu? Siz insaniyetliğin gereğini yaptınız. Hafızası yerine geldiğinde; kendi de özür dileyecektir.

MENEKŞE:

Bende hastayım ama onun gibi davranmıyorum bana yardım etmek için gelen insanlara.

İDİL:

Canım istersen sende uzatma. Büyük ihtimalle depresyon da şu anda.

KENAN:

Yok yok hakkınız var. Hastayım diye bu kadar paranoyaklaşmasına gerek yok. İşi iyice uzattı. En sonunda meşhur müdahaleyi yapıp, vurucam kafasına odunla.

İdil ve Menekşe gülümser.

İDİL:

Neyse biz artık gidelim. Siz de kafanıza takmayın. Her şey düzelir.

Menekşe ile İdil odalarının kapısından içeri girer. Kenan, Emre'nin odasına geri döner.

<u>54 HASTANE - EMRE'NİN KALDIĞI ODA - İÇ / GÜN</u>

Emre yatakta oturur vaziyette; Kenan da tam karşısında ayaktadır.

KENAN:

(Yüksek sesle)

Oğlum abarttın artık ha! İnsanlar seni merak etmiş; geçmiş olsuna gelmişler. Böyle mi ağırlanır misafir?

EMRE:

Onları davet eden olmadı. İstersen sen de gidebilirsin!

KENAN:

(Gülümseyerek)

Gideceğim, zaten merak etme.

Emre oturduğu yatakta, yatar poziyona geçerek arkasını döner.

<u>55 HASTANE - MENEKŞE'NİN KALDIĞI ODA - İÇ / GÜN</u>

Menekşe ile İdil karşılıklı oturmuş sohbet etmektedir.

MENEKŞE:

Bu çocuk benim de canımı sıktı. Biraz dolaşmak istiyorum. Bahçeye çıkalım mı?

İDİL:

Bilmem. Bi soralım istersen hemşireye?

MENEKŞE:

Bunda soracak ne var? Gayet iyiyim ben.

İDİL:

Sen iyiyim diyorsan...

MENEKŞE:

İyiyim, iyiyim çıkalım biraz. Hem temiz hava alırız.

<u>56 HASTANE - EMRE'NİN KALDIĞI ODA - İÇ / GÜN</u>

Kenan Emre'ye şöyle bir baktıktan sonra dışarı çıkar.

<u>57 KADIKÖY - EMRE'NİN EVİNİN OLDUĞU SOKAK - DIŞ / GÜN</u>

Müzik altı, Kenan'ın, Emre'nin evinin olduğu sokakta dolaştığını görürüz. Kenan, Emre'nin evinin bulunduğu apartmanın hemen yanındaki Bakkala girer.

<u>58 EMRE'NİN EVİNİN OLDUĞU SOKAK – BAKKAL - İÇ / GÜN</u>

Müzik altı ve seri görüntülerle Kenan, Bakkal'a selam verir. Emre'nin başına gelenleri anlatır, Emre'nin evinin yedek anahtarını ister, Bakkal, rafın altından Emre'nin evinin yedek anahtarını Kenan'a verir. Kenan, "Hayırlı işler." diler, Bakkal'dan çıkar. Konuşulanları biz duymayız.

<u>59 EMRE'NİN EVİNİN OLDUĞU SOKAK - EMRE'NIN EVININ BULUNDUĞU APARTMAN - İÇ / GÜN</u>

Müzik altı Kenan, Bakkal'dan çıkar, Emre'nin evinin bulunduğu apartmana girer. Kısa süre sonra elindeki laptop çantasıyla çıkar.

<u>60 HASTANE ÖNÜ - İÇ / GÜN</u>

Müzik altı Kenan, taksiden iner. Elindeki laptop çantasıyla hızlıca Hastanenin bahçesinden giriş yapar.

<u>61 HASTANE – BAHÇE - DIŞ / GÜN</u>

Müzik altı Kenan, hızlıca Hastane girişine yürürken, başını çevirir, bahçede oturmakta olan Menekşe ve İdil'i fark eder. Biraz duraksar, devam eder.

<u>62 HASTANE GİRİŞ KAT - İÇ / GÜN</u>

Müzik altı Kenan, hastaneye girer girmez Hemşire noktasına yürür.

<u>63 HASTANE - HEMŞİRE NOKTASI - İÇ / GÜN</u>

Müzik altı biter, Kenan hemşirelerin olduğu bölüme gider. Hemşire, Kenan'ı görünce ayağa kalkar sorar.

HEMŞİRE:

Buyrun.

KENAN:

Ben 505 numaralı odada yatan Emre Toksoy'un refakatçısıyım da, arkadaşımın baya bi canı sıkıldı. Biraz bahçede dolaştırabilir miyim diye soracaktım.

HEMŞİRE:

Ünal Bey'e danışmamız lazım. Biraz beklerseniz...

KENAN:

Tabii.

Müzik altı Hemşire, telefon görüşmesi yapar. Kısa süre sonra telefonu kapatır, Kenan'a döner.

HEMŞİRE:

Fazla yorulmaması ve en fazla bir saat olmak kaydıyla...

KENAN:

Sağ olun.

<u>64 HASTANE – BAHÇE - DIŞ / GÜN</u>

Menekşe ile İdil bir bankta oturmuş sohbet etmektedirler.

MENEKŞE:

Sanki hafızamı kaybetmeden önce kötü bir şeyler yaşamışım gibi bir his var içimde. Sende bunu bana söylemek istemiyorsun gibi geliyo.

İDİL:

Yok öyle bir şey kızım. Uyku problemi çekiyodun sadece son zamanlarda... Hapı fazla kaçırınca da başımıza iş çıkardın işte!

MENEKŞE:

(Gülümser)

Peki arkadaşımız? Yani erkek arkadaşımız... Yok mu?

İDİL:

(Gülerek.)

Valla bizi beğenen çok erkek vardı da biz yüz vermedik.

MENEKŞE:

Çok havalıyız biz o zaman desene.

İDİL:

Ooo! Hem de nasıl?

İdil, elini cebini sokar. Salih'in, Menekşe'ye verdiği yüzüğü cebinin ucundan çıkarır, tekrar sokar.

İDİL:

(IÇ SES) Bunun hatırasını vakti geldiğinde hatırlarsın Menekşe.

<u>65 HASTANE - EMRE'NİN KALDIĞI ODA - KORIDOR - İÇ / GÜN</u>

Kenan, odanın kapısından içeri girer.

<u>66 HASTANE - EMRE'NİN KALDIĞI ODA - İÇ / GÜN</u>

Kenan, arkasını dönmüş yatan Emre'nin yüzünün döndüğü yere gider, hemen oradaki sandalyeye oturur, elindeki laptop çantasını açar.

KENAN:

Hadi kalk lan. Sana sürprizlerim var.

EMRE:

Yine n'oldu?

KENAN:

Hiçbir şeye inanmıyosun ya. Sana bazı kanıtlar getirdim.

Emre doğrulur, Kenan, ilk önce çantanın en öndeki fermuarlı bölümünü açar, oradan bazı kağıtlar çıkarır, teker teker Emre'ye uzatır.

KENAN:

Bu cep telefonu faturan, bu borçlarından dolayı evine gelen tebligatname, bu kredi kartı faturası... Hepsi senin adına kayıtlı.

Emre bir süre belgeleri inceler, mırıldanır.

EMRE:

İyi de...

Kenan, Emre'nin sözünü keser.

KENAN:

Bunların hiçbirinde fotoğrafın yok dimi? Böyle diyeceğini bildiğim için, en önemli belgeyi sona sakladım.

Kenan, elini tekrar fermuarlı bölüme sokar ve dörde katlanmış kağıdı Emre'ye uzatır.

KENAN:

(Gülümseyerek)

Çekmecende buldum. 2010'da girdiğin KPSS'ye giriş belgesi. Hem de fotoğraflı. Nasıl?..

Emre, kağıdı alır, inceler. Kenan devam eder.

KENAN:

(Gülümseyerek) İyi atmamışsın bari belgeyi, halbuki barajı geçememiştin sınavda.

Emre, Kenan'a bakar.

KENAN:

Lan seni kandırıyo olsam, ikna etmek için sahte KPSS'ye giriş belgesi düzenlemem heralde. Hepsi sana ait bunların.

EMRE:

Nerden buldun bunları?

KENAN:

Evinden aldım. Sen şimdi hatırlamıyosundur. Ama normal yaşantında da, unutkan bir adam olduğun için üç dört defa kaldın kapıda. Sonra çilingire para vermemek için beraber balkondan dalmaya çalıştık filan. Bi keresinde yere çakıldın hatta! İşte o günden sonra da, evin yedek anahtarını yaptırıp, Bakkal Mehmet Amca'ya bıraktın. Valla sen böyle paranoyaklaşınca, benim de şimdi geldi aklıma.

Emre, elini başına götürür, olanları hatırlamaya çalışır.Kenan bu defa laptopu çıkarır.

KENAN:

Bu da bilgisayarın. Bi sürü fotoğrafımız var bunda da.

Kenan, laptopu açar, resimler klasöründen, ikisinin çeşitli yerlerde çekildiği fotoğraf dosyasını bulur, bilgisayarı Emre'ye uzatır. Emre, fotoğrafları sıra sıra inceler, laptopu kapatır. Yüzünde ikna olmuş gibi bir ifade belirir, Kenan söze girer.

KENAN:

Şimdi ikna olduysan bi sürprizim daha var sana.

Emre, Kenan'a, "Ne sürprizi?" gibisinden bakar. Kenan devam eder.

KENAN:

Doktordan izin aldım senin için.

Bahçede biraz dolaşalım. İyi gelir.

EMRE:

Git, sen!

Kenan, Emre'nin kolunu dürter.

KENAN:

Kalk oğlum hadi be! Baksana hem havada güzel.

Emre, bir süre sonra cevap verir.

EMRE:

Bu kolumdakiler n'olcak?..

KENAN:

Onlarda bizimle gelsin. Ben şimdi hemşireden tekerlekli serum askısı isterim. Lan var ya kalkıcaksın da naz yapıyosun ha!

<u>67 HASTANE – KORİDOR - İÇ / GÜN</u>

Emre ve Kenan odadan çıkarlar. Bu arada Koridordaki sıra sıra sandalyelerin olduğu yerde gizemli bir adam, pencereden bahçeyi izlemektedir. Emre ve Kenan, adamın önünden geçerler. Gizemli adam, biraz arkalarından onları takip eder.

<u>68 HASTANE – BAHÇE - DIŞ / GÜN</u>

Emre ile Kenan hastanenin bahçeye açılan kapısından dışarı çıkar.

<u>69 HASTANE – BAHÇE - DIŞ / GÜN</u>

Menekşe; Emre ile Kenan'ı fark eder, İdil'i dürter.

MENEKŞE:

Şunlar onlar değil mi?

İDİL:

Kimler değil mi?

İdil, Menekşe'nin işaret ettiği alanda, Emre ile Kenan'ı görür.

İDİL:

Ha! Kenan ile Emre, evet! (Bir süre bekler.) Hayırdır kızım. Emre peşinden bahçeye çıktı.

MENEKŞE:
Aman sende...
Karşılıklı gülüşürler.
İDİL:
Belli mi olur? Belki nefretiyle belirtiyo duygularını çocuk.
MENEKŞE:
Onu bilmem de, gerçekten kendi geçmişim kadar merak ettim yaşadıklarını. Bu kadar güvensiz olmasının sebebi neye bağlı acaba?
İDİL:
Buraya doğru geliyorlar. Daha fazla aksiyon yaşamadan kalkalım istersen.
MENEKŞE:
Ne kalkıcaz canım? Bize ne onlardan.
İDİL:
Ben karşılaşmamanız için söyledim.
Yine moralini bozar, belli mi olur!
MENEKŞE:
Yok artık. Bahçeden de kovacak hali yok ya. Hem o gelmiyo bence buraya, yanındaki dürtüklüyo onu. Kenan seni takip ediyo bence.
İDİL:
Hadi canım. Yok öyle bir şey!
MENEKŞE:
Niye sen demedin mi? Kantin de geldi yanıma oturdu filan diye...
İDİL:
Ne alakası var. Sadece lafladık biraz. Hepsi o.
MENEKŞE:
Bence kesin hoşlandı senden. Sende ondan hoşlanıyosun.

İDİL:

Senin hafızan yerine geldi de benle kafa mı buluyosun yoksa Menekşe?

MENEKŞE:

Keşke gelse de kafa bulsam. Neyse geliyolar. Biz oralı olmayalım.

Emre, ile Kenan yavaş yavaş Menekşe ile İdil'in oturduğu banka yaklaşmaktadır. Bu arada hemen arkalarındaki gizemli adam cep telefonunu çıkarır, bir arama yapar. Biz onu daha uzaktan fark ederiz.

EMRE:

Niye o tarafa gidiyoruz?

KENAN:

Onlara bi özür borcun var da ondan.

EMRE:

Öyle bi borcum olduğunu hatırlamıyorum.

KENAN:

Zaten bi hatırlasan şaşarım anasını satayım.

Kenan, Emre'ye bakarak gülümser, Emre de en sonunda gülümseyerek cevap verir. Bu arada Kenan, aynı zamanda Emre'nin serum askılığını taşımaktadır. Menekşe ile İdil'in oturduğu banka artık çok yaklaştıkları sırada Kenan selam verir.

KENAN:

Tekrar merhaba.

İDİL:

Merhaba.

KENAN:

Oturacak başka bi yer bulamadık da acaba biz de oturabilir miyiz?

İDİL:

Tabii, tabii.

İdil, Emre'ye yerini verir. Emre, biraz tereddüt eder. En sonunda oturur.

EMRE:

Teşekkür ederim.

Ortam bir anda sessizleşir. Menekşe yüzünü başka bir yöne döner. Emre, Kenan ile göz göze gelir. Kenan, gözleriyle bir şeyler demesi için Emre'ye işaret eder. Emre bir süre bekler sonra konuşur.

EMRE:

Ben... Söylediklerim için özür dilerim. İkinizden de...

İdil, nezaket gereği gülümser.

IDIL:

Önemli değil. Biz söylediklerine hiç takılmadık zaten. Dimi Menekşe?

Menekşe, başını Emre'ye çevirir.

MENEKŞE:

Çok kaba bi davranıştı yaptığın. Ama yine de özür dileme erdemini göstermen güzel bence.

Gizemli adam, o sırada biraz uzaklardan onları izlemekte ve telefonla konuşmaktadır.

EMRE:

Ben... Aklım çok karışmıştı. O yüzden...

Ortam tekrar sessizleşir. Kenan söze girer.

KENAN:

İçecek bi şeyler ister misiniz? Alıp geliyim mi?

EMRE:

Aslında bi çay fena olmaz. Dimi?

Menekşe kafasını "Olabilir" anlamında sallar. İdil söze girer.

İDİL:

Dur bende geliyim seninle.

Kenan ve İdil bahçeden hastaneye doğru yürürler. Emre ve Menekşe bir süredir sessiz kalır.

EMRE:

Hiçbir şey hatırlamıyosun sende ha?

MENEKŞE:

Öyle. Seninle aynı durumdayım.

EMRE:

Yalnız olmadığıma seviniyorum şimdi.

MENEKŞE:

Bi saat önce böyle düşünmüyodun?

EMRE:

Kenan aklımı başıma getirdi biraz.

Fena da olmadı aslında.

MENEKŞE:

Yani... Bu halini önceki haline tercih ederim.

Emre, gülümser.

EMRE:

Garip bi huzur kapladı zaten içimi. Ama sebebi Kenan'ın yaptıkları mı bilmiyorum.

MENEKŞE:

Başka ne olabilir ki?

EMRE:

Bilmem. Sanki daha önceden hiç hissetmediğim bir şeyler yaşıyormuşum gibi geliyo.

MENEKŞE:

Ben de senin gibi sayılırım aslında. Hiçbir şey hatırlamamak çok tuhaf. Ama kendinle aynı durumda birini görmek de, bi o kadar sevindirici.

EMRE:

Evet.

MENEKŞE:

Bu arada yarın taburcu oluyormuşuz.

Haberin var mı?

EMRE:

Hayır.

MENEKŞE:

Doktor söyledi. Aynı durumda olan bi hasta daha var. O da taburcu olacak dedi.

EMRE:

Çok iyi bi haber bu. Ama aynı zamanda da kötü.

MENEKŞE:

Neden?

EMRE:

Bilmem. Dışarısı çok tehlikeli geliyo şimdi bana. Ama burda hiç değilse; üç kişiyi tanıyorum.

MENEKŞE:

Orası öyle. Ama bi şekilde de olanları hatırlamamız lazım.

EMRE:

Evet, ama ben taburcu olduğumda da görmek isterim seni.

Menekşe gülümser,

MENEKŞE:

Ya affedersin ama Kenan senin başına filan mı vurdu?

EMRE:

(Gülümseyerek)

Hayır. Ama beni ikna etti. Bi ailem gerçekten de yokmuş. Tanıdığım doğru düzgün bi Kenan var. Önceki hayatımı bilmiyorum ama yeni hayatımda daha arkadaş canlısı olmak istiyorum sadece.

MENEKŞE:

İyi bi karar vermişsin o zaman.

(Bir süre bekler.) Biliyo musun, benim de bi ailem yokmuş. İdil'le birlikte yaşıyormuşuz yıllardır.

EMRE:

Öyle olsa bile seni fazla etkilemediğini söyleyebilirim. Yoksa bu kadar pozitif olmanın bi açıklaması olamaz.

MENEKŞE:

Ben mi pozitifim.

EMRE:

Bana yansıyan enerjin bu. Bi de iyi laf sokuyosun!

Menekşe, güler. Emre de gülümser.

MENEKŞE:

Ben de orda kötü bi cevap verdim sana. Özür dilerim.

EMRE:

Beni kendime getiren cevaplardan biriydi bence. Etrafımda hep böyle açık sözlü birilerinin olmasını isterdim.

MENEKŞE:

Yok ya o kadar da iyi bi şey değil bu aslında. Arkadaşlar yeri geldiğinde; her doğruyu her yerde söylememeli bence.

Kenan ile İdil ellerindeki çaylarla birlikte onlara yaklaşır.

KENAN:

Alın bakalım, çaylarınızı. Kardeşim sen hep yedi şeker atardın içine. Ben attım yedi tane bilgin olsun.

MENEKŞE:

Yedi mi yuh!

EMRE:

Valla bende şaşırmadım desem yalan olur.

KENAN:

Çay tiryakisi değilsin ki oğlum sen; ben o yüzden şerbetçi diyodum hep sana.

IDIL:

Sen de hep şekersiz içerdin canım. O yüzden şeker atmadım.

Menekşe çayı alır, yudumlar.

MENEKŞE:

Böyle de biraz tatsız oldu gibi sanki ya. Emre, İdil'e döner.

EMRE:

Demek artistlik için şekersiz içiyomuş çayı. Hafızası yerine gelince söylersin.

İDİL:

Aynen. Ele verdi şimdi kendini.

MENEKŞE:

Hayır ya. O kadar da acı değilmiş aslında.

Emre ve Kenan güler.

KENAN:

Bi kızın hafızası kaybolsa da; genetik özellikleri kaybolmaz kardeşim.

MENEKŞE:

Sen bana kötü bi şey mi dedin Kenan!

İDİL:

O değil de; Menekşe bakıyorum da iki dakika da düzeltmişsiniz aranızı.

EMRE:

Yok biz şeyi konuşuyoduk aslında. Ya bu Kenan'la, İdil daha önceden birbiriyle tanışıyo olmasın. Baksana sevgili gibiler diye sohbet ediyoduk.

Kenan ve İdil utanır.

KENAN:

Ne diyosun oğlum? Hafıza kaybının arkasına bu kadar sığınma ha!.. Ya tabii İdil çok güzel bi kız. Ama o kim ben kim?

MENEKŞE:

İşte bu da klasik erkek hareketi sanırım. Önce arkadaşına istediği muhabbeti açtığı için yalandan bir çıkışma hemen ardından yollanan zarf!

KENAN:

Ya ne alakası var?

İdil, utanç içinde gülümser. Kenan, İdil'e bakar.

KENAN:

Ben sadece belli olan bir şeyi söyledim.

EMRE:

İflas bayrağını açtın kardeşim.

İDİL:

Ya hayır Kenan'a haksızlık ediyosunuz.

MENEKŞE:

Hiç de bile.

Ortam bir anda curcunaya döner, herkes bir şeyler söyler sahne değişir.

<u>70 HASTANE ÖNÜ - İÇ / GÜN</u>

Görüntü üzerinde; "Bir gün sonra..." yazmaktadır. Emre, Kenan, Menekşe ve İdil hastaneden aynı anda çıkarlar.

KENAN:

Evet... Geçmiş olsun. Sonunda hastaneden kurtulduk.

MENEKŞE:

Aynen.
EMRE:
Dışarıda ne var bilmiyoruz şimdi ama...
KENAN:
Merak etme kardeşim. Neyin ne olduğunu en başından öğreteceğim sana.
EMRE:
Diyosun...
KENAN:
Rahat ol.
İDİL:
Kenan sen de her konuda güveniyosun kendine ha!
KENAN:
Yok, tek bi konu var güvenemediğim.
Onu da sen biliyosun zaten.
MENEKŞE:
(Gülümseyerek)
Güven Kenan güven. Hatta en çok güvendiğin konu o olsun.
İDİL:
Ya Menekşe yapma şöyle ya! Yoksa bende şimdi senin Emre için söylediklerini söyleyeceğim ha.
KENAN:
Allah aşkına söylesene ne dedi?
MENEKŞE:
Kenan!..
EMRE:
Valla bende merak etmedim desem yalan olur.
MENEKŞE:

(Kinayeli bir şekilde) Merak ettiğin bi şey varsa arar sorarsın canım. Telefon numaramızı verdik sonuçta!

EMRE:

Ondan hiç şüphen olmasın hatta en yakın zamanda... Yüz yüze görüşerek bile olabilir.

KENAN:

Vaayyy.

IDIL:

Vaayy diyeceğine bende katılıyorum diyebilirdin Kenan!

KENAN:

Kesinlikle katılıyorum kardeşim. Hatta aynısını yetkililerden talep ediyorum.

Emre güler, son bir kez arkasına dönerek hastaneye bakar, Gizemli adam bu sırada hemen arkalarından yavaşça gelmektedir. Müzik altı başlar, yürüyerek hastaneyi terk ederler.

<u>71 KIZ KULESİ – CAFE - İÇ / GECE</u>

Görüntü üzerinde; "Birkaç gün sonra..." yazmaktadır. Emre, Cafe'deki masalardan birine oturmuş, Menekşe'yi beklemektedir. Kısa süre sonra kol saatine göz gezdirir, tam o sırada Menekşe cafeye giriş yapar. Menekşe, içeri göz atar, Emre'yi görür, yanına gider, tokalaşırlar.

MENEKŞE:

Çok beklettim mi?

EMRE:

Yo. Bende yeni geldim.

Menekşe, Emre'nin karşısına oturur.

EMRE:

Nasılsın?

MENEKŞE:

Hastanedekinden çok daha iyi. Sen?

EMRE:

Hastanedekinden çok daha kötü.

MENEKŞE:

Aaa. Neden?

EMRE:

Bilmem. Seni göremiyorum diye heralde.

Menekşe, gülümser.

MENEKŞE:

Deli!.. Hem öyle diyosun hem de yanına geldiğimizde kovuyosun bizi.

EMRE:

Valla o an babam gelse onu da kovardım. Tanımıyorum çünkü...

MENEKŞE:

Senden beklenir.

EMRE:

Eee. Kimsin? Nelerden hoşlanırsın?

İdil'den başka arkadaşın var mı? Öğrendin mi bunları?

MENEKŞE:

Valla sıradan bi kızmışım işte.

İdil'in anlattığından başka hiçbir şey bilmiyorum. İşin kötüsü daha hala da bir şey hatırlamadım. Sen?

EMRE:

(Gülümseyerek)

Ben mi? Valla adım gerçekten de Emre'ymiş ondan eminim.

MENEKŞE:

Eh. Yani artık!

EMRE:

Kenan'ın dediği gibi iyi kötü kirada kaldığım bir ev varmış. Ama borçlarımı nasıl ödediğimi hala bilmiyorum bak. Kenan, haftalık anket işleri filan yapıyodun diyo ama pek inanasım gelmedi.

MENEKŞE:

Yalan söyleyecek hali yok ya.

EMRE:

Belli mi olur. Belki söylemeye çekindiği bir şey yapıyorumdur.

MENEKŞE:

Bende İdil'den şüpheleniyorum aslında. Sanki bana söylemek istemediği şeyler var.

EMRE:

Ne gibi?

MENEKŞE:

Bilmem. Sanki hafızamı kaybetmeden önce kötü bir şeyler yaşamışım da bana söylemek istemiyo gibi.

EMRE:

Belki olmuştur. Belki de olmamıştır. Bilemeyiz ki! Ama ben hafızamı kaybettik sonra iyi bir şey oldu. Ondan eminim.

MENEKŞE:

Neymiş o?

EMRE:

Seninle tanıştım.

MENEKŞE:

Daha kendimizi tanımadan birbirimizle tanışmış oluyor muyuz sence?

EMRE:

Siz odama geldiğinizde bi şey demiştim. (Bir süre bekler.) "Hafızamı kaybettim ama mantığı kaybetmeme izin vermeyeceğim." diye... Hatırladın mı?

MENEKŞE:

(Gülümseyerek) Nasıl unuturum? Tek tük hatırladığım şeylerden biri.

EMRE:

Heh işte! Unut gitsin o lafı. Çünkü; günlerdir bekliyorum mantığım bana bi yol göstersin diye. Ama hiçbir şey gösterdiği yok. O yüzden yeni bi rehber buldum kendime.

Menekşe, ciddileşir, sessiz kalır. Emre, Menekşe'nin gözlerine odaklanır.

EMRE:

Menekşe ben ne kendimin ne de senin kim olduğunu bilmiyorum. Ama bi şeyi artık iyi biliyorum. Yolu da mantığım değil; kalbim gösterdi.

(Bir süre bekler.) Sana aşık oldum.

Menekşe, bir anda şaşırır, bir süre ne diyeceğini bilemez.

MENEKŞE:

Ama bizim durumumuz...

EMRE:

Kimin umrunda? Ben kendimi tanımadan, senin kim olduğunu bilmeden seviyorum seni.

MENEKŞE:

Ben...

Emre, tekrar araya girer.

EMRE:

Bi şey demene gerek yok. Sadece...

Emre, Menekşe'nin elini tutar, bir süre bekler ve en sonunda Menekşe'nin elini kalbine götürür.

EMRE:

Hiçbir şey hatırlamak istemiyorum. Çünkü, o kadar mutluyum ki şu anda... Kalbim o kadar heyecanlı atıyo ki! Hafızamı kaybetmemle ilgili değil bu. Hissediyorum. Ve kalbim daha önce hiç böyle hissetmediğimi söylüyo bana. Kim olduğumu bilmiyorum belki... Bildiğim her şeyi de kaybettim. Ama seni buldum ya... O bana yeter Menekşe. Seni kaybetmiyim yeter bana.

Menekşe, elini Emre'nin kalbinden çeker, heyecanlı gözlerle bir süre bekler.

MENEKŞE:

Ben seni gördüğüm ilk andan beridir böyle hissediyorum aptal!

İkisi de gülümser. Birbirlerinin elini tutarlar. Emre'nin yüzündeki aptal gülümseme devam eder.

EMRE:

Sen şimdi... Yani sen de beni...

Menekşe gülümseyerek cevap verir.

MENEKŞE:

Evet... İlla söylettireceksin dimi? Ben de seni seviyorum. Hem de gördüğüm ilk andan beri.

Bir süre Müzik altı konuşurlar. Sahne değişir.

<u>72 BEŞİKTAŞ – SAHİL - DIŞ / GECE</u>

Kenan ve İdil, birbirlerine sarılmış halde sahildeki banklardan birine otururken; bir yandan da denizi ve Kız Kulesi'ni izlemektedir.

KENAN:

Bazen diyorum ki, Emre'nin başına böyle bir şey gelmese seninle nasıl tanışırdım?

İDİL:

Ya ben? Menekşe intihara kalkışmasa seni görür müydüm?

KENAN:

Bilmem. Belki de kader bi yolunu bulur yine tanıştırırdı bizi. Ama kader diye bi şey olmasa; seni tanımasam... Eksik yaşardım.

IDIL:

Hisseder miydik ki; eksik yaşadığımızı?

KENAN:

Bazen rüzgarın sertçe esmesi gerekir, kalın giyinmediğini anlaman için. Ama o rüzgar estiğinde öyle bir anlarsın ki; seni soğuktan koruyacak bir şeyin olmadığını... Unutmassın o günü bi daha. Ölene kadar titrersin. Ben seni gördüğümde, öyle titredim işte.

İDİL:

Ona bakarsan ben hala titriyorum.

KENAN:

Isıtalım o zaman birbirimizi.

Kenan ve İdil birbirlerine sıkıca sarılır.

<u>73 KIZ KULESİ – CAFE - İÇ / GECE</u>

EMRE:

Dışarı çıkalım mı biraz?

MENEKŞE:

Niye?

EMRE:

Kıpır kıpırım yerimde duramıyorum baksana. Şöyle koşasım bile var da deniz engelliyo.

MENEKŞE:

(Gülümseyerek) Sen öyle diyosan...

Emre ile Menekşe oturduğu masadan kalkıp, dışarı doğru yürürler.

<u>74 KIZ KULESİ - DIŞ / GECE</u>

Emre ile Menekşe Kız Kulesi'nin önünde el ele tutuşmuş, manzarayı izlemektedir.

MENEKŞE:

Ya başka birini sevdiysek, önceki hayatımızda? Olanları hatırladığımızda ya birbirimizi bırakırsak?

EMRE:

Seni bırakmam için aklımı değil; kalbimi almaları gerekir benden. Onu aldıklarında da yaşıyor olmam zaten.

Menekşe, Emre'nin elini bırakır, yüzünü Emre'ye döner.

MENEKŞE:

Bence önceki hayatımızda katıksız deliydik ikimiz. Başka bir açıklaması yok bu yaptığımızın.

EMRE:

Deliler de sever. Hem de öyle bi sever ki; sırf sevdikleri için deli derler onlara. Biz de öyle sevelim birbirimizi olur mu?

Emre ve Menekşe giderek birbirlerine yakınlaşır, öpüşürler. Müzik altı Emre ve Menşe ile; Kenan ve İdil'i dönüşümlü olarak gösteririz.

<u>75 KIZ KULESİ – CAFE - DIŞ - İÇ / GÜN</u>

Emre, Menekşe ile birlikte Kız Kulesi'nin dış bahçesinden içeri yönelir. Menekşe, kapıdan içeri girer, Emre de hemen arkasından içeri girerken; İç Cafe'den dışarı çıkmaya yönelen başı öne eğik Gizemli Adamla çarpışır. Emre arkasına döner.

EMRE:

Pardon.

Adam, kafasını hafif kaldırarak, "Önemli değil." anlamında eliyle işaret yapar. Emre önce adamın belindeki silahı fark eder sonra da adamın yüzünü hatırlar. Flashback'e gideriz.

76 - 67 HASTANE – KORİDOR - (FLASHBACK) - İÇ / GÜN

Emre ve Kenan odadan çıkarlar. Bu arada Koridordaki sıra sıra sandalyelerin olduğu yerde gizemli bir adam, pencereden bahçeyi izlemektedir. Emre ve Kenan, adamın önünden geçerler.

77 - 68 HASTANE – BAHÇE - (FLASHBACK) - DIŞ / GÜN

Emre ve Menekşe bankta oturmaktadır. Kenan ve İdil de hemen başlarında ayakta durmaktadır. Gizemli adam biraz uzaklarında telefonla konuşmaktadır. Emre adama bir süre bakar.

78 - 70 HASTANE ÖNÜ (FLASHBACK) - İÇ / GÜN

Emre güler, son bir kez arkasına dönerek hastaneye bakar, Gizemli adam bu sırada hemen arkalarından yavaşça gelmektedir.

79 KIZ KULESİ – CAFE - İÇ / GÜN

Flashback biter. Emre bir anda buz kesilir, tekrar arkasına döner. Gizemli Adam da dışarı çıktıktan hemen sonra kapının camından ona bakar. Göz göze gelirler. Gizemli Adam, cep telefonunu çıkarır, arama yapar. Menekşe, Emre'yi dürter.

MENEKŞE:

Bi şey mi oldu?

EMRE:

Yoo. Biraz başım döndü sadece. Sen otur, ben bi elimi yüzümü yıkayıp, geliyim.

Menekşe, "Tamam." anlamında kafasını sallar. Emre, tuvalete yönelir.

80 KIZ KULESİ - TUVALET – KABİN- İÇ / GÜN

Emre, tuvaletin kabinine girer, sırtını duvara dayar, söylenir.

EMRE:

Sen kimsin? Neden beni takip ediyosun?

Alelacele telefonunu çıkarır, Kenan'ı arar.

81 BEŞİKTAŞ – SAHİL - DIŞ / GÜN

Kenan, İdil'e sarılmış birlikte manzarayı izlemektedir. Bir anda cep telefonu çalar, Kenan doğrulur, telefonu çıkarır.

Kenan, arama ekranına bakar, İdil'e seslenir.

KENAN:

Emre arıyo.

82 KIZ KULESİ - TUVALET – KABİN - İÇ / GÜN

Emre, telefonu kulağına dayamış söylenmektedir.

EMRE:

Aç hadi şu telefonunu!

Telefon açılır, Kenan'ın sesi duyulur.

KENAN:

(TELEFONDAN) Efendim.

EMRE:

Kenan nerdesin?

KENAN:

(TELEFONDAN) Dışardayım hayırdır?

EMRE:

Baksana! Sana bi soru sorucam. Ama bana mutlaka doğru cevabı vermen gerek. (Bir süre bekler.) Ben hafızamı kaybetmeden önce; peşimde birileri mi vardı?

KENAN:

(TELEFONDAN) Ya hayır da... N'oldu oğlum bi şey mi oldu?

EMRE:

(Bağırarak)

Kenan! Bi şey olduğu yok. Bana sadece doğruyu söyle!

KENAN:

(TELEFONDAN)

(Bir süre bekler.) En son hafızanı kaybetmeden bi hafta önce görüşmüştük seninle. O görüşmede de, bi hafta benden uzak dur dedin.

EMRE:

Neden?

KENAN:

(TELEFONDAN) Kumar borcun vardı.

EMRE:

Kumar borcu mu?

KENAN:

(TELEFONDAN) Evet. Kadıköy de gizli bi yer... İşten kovulduktan sonra hep oraya takılıyodun.

EMRE:

Tamam, tamam. Dur biraz yavaş ol. (Bir süre bekler.) Sana o gün tam olarak ne söyledim?

KENAN:

(TELEFONDAN) Pek bi şey söylemedin. Ama lafı ben ağzından aldım. Bir milyon üç yüz bin lira borcun vardı kumarhaneye.

EMRE:

Bir milyon üç yüz bin lira mı?

KENAN:

(TELEFONDAN) Evet, öyle dedin.

EMRE:

Sen de şimdiye kadar bana söylemedin bunu. Öyle mi?

KENAN:

Ödedin sandım oğlum. Hem zaten delirmiştin o gün, söylesem bi şeye fayda edicek miydi?.. Sen, n'oldu bana onu söyle?

EMRE:

(Bir süre cevap vermez.)

Bi şey olduğu yok. Öyle aklıma bi şeyler gelir gibi oldu. Onun için aradım. Sağ ol.

KENAN:

(TELEFONDAN) Emre... Emre!

EMRE, TELEFONU KAPATIR, yüzü bembeyaz kesilir, kabinden çıkar.

<u>83 KIZ KULESİ – TUVALET - İÇ / GECE</u>

Emre, lavaboda elini yüzünü yıkar, bir süre aynaya bakakalır.

<u>84 KIZ KULESİ – CAFE - İÇ / GECE</u>

Menekşe, masada Emre'yi beklemektedir. Kısa bir süre sonra Emre içeride belirir, masaya oturur.

MENEKŞE:

İyi misin şimdi?

EMRE:

Evet, biraz daha iyi.

MENEKŞE:

İstersen kalkabiliriz.

EMRE:

Aslında... Olabilir. Karşında bu kadar halsiz görünmek üzmeye başladı beni.

MENEKŞE:

Gitmeye can atıyorum desene sen şuna!

EMRE:

Ne alakası var ya?.. Öylesine söyledim. Ciddi değil.

MENEKŞE:

Hadi hadi kalkıyoruz tamam.

Menekşe, ayaklanır, Emre, Menekşe'nin elini tutar.

EMRE:

Ya öylesine dedim.

Menekşe, Emre'ye bakar. Bir süre sessizlik olur.

EMRE:

Gözlerine baksam yeter bana, başka bi ilaca ihtiyacım yok benim.

Menekşe gülümser.

MENEKŞE:

Seni böyle görmek asıl beni üzüyo şaşkın! Gidelim hadi.

Emre de gülümser, ayaklanır, masanın üzerine parayı bırakır. O sırada ciddi bir şekilde, dışarıdaki adama bakar. Menekşe, Emre'nin koluna girer, Cafe'yi terk ederler.

<u>85 ÜSKÜDAR – SAHİL - DIŞ / GECE</u>

Müzik altı, Emre ve Menekşe motordan inerler, sahile ayak basarlar. Hemen arkalarındaki motorda da, Gizemli adam vardır. Emre, hemen bir taksi tutar.

<u>86 MENEKŞE'NİN EVİ'NİN ÖNÜ - DIŞ / GÜN</u>

Emre ve Menekşe taksiden inerler, müzik altı biter. Menekşe, dairesinin bulunduğu kata bakar.

MENEKŞE:
İdil daha gelmemiş.
EMRE:
Kim bilir Kenan'la nerdedir şimdi onlar?
MENEKŞE:
Gel istersen eve, ilaç vardır bizde.
EMRE:
Yok gelmiyim şimdi. Sonra belki...
Olur mu?
MENEKŞE:
Teklif var ısrar yok.
EMRE:
Ya ben naz yapıyodum ama ya.
MENEKŞE:
Oldu canım. Nazı bari kızlara bırakın da biz yapalım.
EMRE:
Senin nazın beni öldürür gibi geliyo ama bakalım.
MENEKŞE:
Sen şimdiden bıktın benden bakıyorum da.
EMRE:
O nasıl söz? Daha beraber büyüyüp, beraber yaşlanıcaz seninle.
Emre, ile Menekşe birbirine yakınlaşır.
MENEKŞE:
Beraber öleceğiz.
EMRE:
Beraber öleceğiz.
Emre ile Menekşe öpüşürler. Menekşe evine yönelir.
MENEKŞE:
Ben gidiyim. Sen de git yat hemen.

EMRE:

Hemen gidiyorum, yatıyorum, sabah kalkıp geliyorum. Anlaştık mı?

MENEKŞE:

Anlaştık.

Birbirlerine el sallarlar, Menekşe apartmana girer. Emre sokak boyu yürümeye başlar.

<u>87 KADIKÖY - ARA SOKAK - DIŞ / GECE</u>

Emre, hızlı hızlı ara sokaklardan birinde yürümektedir. Hemen arkasından ise; karaltıda kim olduğu belli olmayan biri gelmektedir. Emre sokağı döner, adamı bekler. Adam giderek yaklaşır. Tam sokağın köşesine geldiği zaman Emre üzerine çullanır.

EMRE:

Niye takip ediyosun beni?

ADAM:

Ne diyosun hemşerim? Ne takibi ya?

Emre, adamı inceler, aradığı adamın o adam olmadığının farkına varır.

EMRE:

Kusura bakma.

Adam, söylenerek uzaklaşır.

ADAM:

Allah allah ya!

Emre bir süre olduğu yerde kalır. Sonra adamın Menekşe'nin peşinde olduğu düşüncesi aklına gelir.

EMRE:

Ya Menekşe'yi takip ediyosa?

Flashback'e geçeriz.

<u>88 - 67 HASTANE – KORİDOR -(FLASHBACK) - İÇ / GÜN</u>

Emre ve Kenan odadan çıkarlar. Bu arada Koridordaki sıra sıra sandalyelerin olduğu yerde gizemli bir adam, pencereden bahçeyi izlemektedir. Gizemli adamın bakış açısını gösteririz. Adam, pencereden İdil ve Menekşe'yi izlemektedir.

<u>89 - 71 KIZ KULESİ – CAFE - (FLASHBACK) - İÇ / GECE</u>

MENEKŞE:

Bende İdil'den şüpheleniyorum aslında. Sanki bana söylemek istemediği şeyler var.

EMRE:

Ne gibi?

MENEKŞE:

Bilmem. Sanki hafızamı kaybetmeden önce kötü bir şeyler yaşamışım da bana söylemek istemiyo gibi.

<u>90 - 75 KIZ KULESİ – CAFE - (FLASHBACK) - DIŞ - İÇ / GÜN</u>

Emre, Menekşe ile birlikte Kız Kulesi'nin dış bahçesinden içeri yönelirler. Menekşe, kapıdan içeri girer, Emre de içeri girerken; İç Cafe'den dışarı çıkmaya yönelen başı öne eğik Gizemli Adamla çarpışır. Emre arkasına döner.

EMRE:

Pardon.

Adam, kafasını hafif kaldırarak, "Önemli değil." anlamında eliyle işaret yapar. Emre önce adamın belindeki silahı fark eder.

<u>91 KADIKÖY - ARA SOKAK - DIŞ / GECE</u>

Emre, panikle söylenir.

EMRE:

Menekşe!

Koşmaya başlar.

<u>92 KADIKÖY - CADDE – DIŞ / GECE</u>

Emre, cadde koşmaktadır.

<u>93 MENEKŞE'NİN EVİ'NİN ÖNÜ – DIŞ / GECE</u>

Emre, Menekşe'nin evinin olduğu sokağa girer. Tam o sırada Menekşe'nin evinni bulunduğu apartmana bir kadın girmektedir. Emre bağırır.

EMRE:

Bi saniye.

Emre, dış kapı kapanmadan yetişir. Kadına teşekkür eder.

EMRE:

Teşekkür ederim.

<u>94 MENEKŞE'NİN EVİ'NİN BULUNDUĞU APARTMAN - IÇ / GÜN</u>

Emre, merdivenlerden hızlıca çıkar. Menekşe'nin evinin bulunduğu kata gelir. Kapı açıktır. Emre, içeri girer.

<u>95 MENEKŞE'NIN EVI - IÇ / GÜN</u>

Evin tüm ışıkları açıktır, Emre, evde yavaş adımlarla yürür, odalardan birine girer, Menekşe'yi uzandığı kanepede ağzı köpürmüş halde bulur. İyice paniklenir.

EMRE:

Menekşe?!

Tam o sırada odanın köşesindeki kolonun arkasına saklanan

Gizemli adam, Emre'ye doğru bir hamle yapar ve elindeki şırıngayı Emre'nin boynuna enjekte eder. Emre, bir anda halsizleşir ve olduğu yere yığılır. Gizemli adam, cep telefonunu çıkarır, acil bir arama yapar.

GİZEMLİ ADAM:

Bi sorun çıktı. İkinci adres iptal. Ambulansı sadece kızın evine yollayın.

Gizemli adam, Emre'ye bakar. Emre'nin ağzı yavaş yavaş köpürmektedir.

<u>96 HASTANE - ACİL KAPISI ÖNÜ - DIŞ / GECE</u>

Ambulans, Hastane'nin önüne yanaşır. Görevliler ambulansın yanına iki sedye getirir. Ambulanstan çıkan, Emre ve Menekşe hastaneye götürülür.

<u>97 HASTANE - EMRE'NİN KALDIĞI ODA - İÇ / GÜN</u>

Ertesi gün... Emre gözlerini hastanede açar. Başucunda Kenan vardır.

KENAN:

Şükür... Kardeşim n'oldu size yine ya?

Emre, bir süre bakışlarını odanın içinde gezdirir.

EMRE:

N'oldu?

KENAN:

Oğlum yine mi hafızanı kaybettin? Menekşe'yle birlikte hastaneye kaldırmışlar dün sizi. Hatırlamıyo musun?

EMRE:

Menekşe kim?

KENAN:

Yuhh be... Beni de mi hatırlamıyosun yoksa?

EMRE:

Saçma sapan konuşma Kenan! En son votkayı kafama diktiğimi hatırlıyorum ben.

KENAN:

Ne?! Dört gün önceydi oğlum o! Bu ikinci gelişin hastaneye!

EMRE:

Dur bi dakka dur. Yavaş anlat.

KENAN:

Kan zehirlenmesinden hastaneye kaldırdılar seni dört gün önce... Bi de hafızanı kaybetmiştin. Hatta seninle aynı durumda olan Menekşe diye bi kızla tanıştın. Onun arkadaşı vardı İdil diye. Hiçbirini hatırlamıyo musun oğlum bunların?

Emre, "Hayır." anlamında kafasını sallar.

98 HASTANE - MENEKŞE'NİN KALDIĞI ODA - İÇ / GÜN

Menekşe yattığı yataktan doğrulur, yataktan çıkar, odayı terk etmeye çalışır. İdil onu durdurmaya yeltenir.

İDİL:

Kızım bi dursana, nereye gidiyosun?!

MENEKŞE:

Bi yere telefon açmam lazım. Acil!

İDİL:

Ne telefonu ya? Emre'yle n'aptığınızı da söylemiyosun. Ne içtiniz de yine hastanelik oldunuz kızım. Anlatsana?!

MENEKŞE:

İdil, yarım saat öncede söyledim. Emre diye birini tanımıyorum.

Menekşe odayı terk eder.

99 EMRE'NİN KALDIĞI ODA - İÇ / GÜN

EMRE:

Üsküdar Özel Metropol Hastanesi dimi burası?

KENAN:

Evet... Oğlum n'oluyo lan? Ne biliyosun? Anlatsana...

Emre, kendi kendine gülümser, gülümserken mırıldanır.

EMRE:

Ölmedim. Hala hayattayım.

Sahne değişir.

<u>100 - 10 KUMARHANE (FLASHBACK) – İÇ / GECE</u>

EMRE:

Hayır! Ölmek istemiyorum. Haaayır!

Mahmut, tabancanın tetiğini çeker, son anda kırmızı kapıdan Hekim Selim'in korumalarından biri içeri girer. Mahmut'un kulağına fısıldar.

KORUMA:

Selim Abi; "İşime yarayabilir." dedi.

<u>101 KUMARHANE - KAPI ÖNÜ (FLASHBACK) - DIŞ / GECE</u>

Mahmut'un adamları Emre'yi sürüyerek siyah bir arabanın kapısından içeri sokar.

<u>102 ARABA (FLASHBACK) - İÇ / GÜN</u>

Arabanın önünde bir şoför arka koltukta ise; Hekim Selim oturmaktadır. Kapı açılır, Emre kanlar içinde içeri girer.

HEKİM SELİM:

Mahmut ne kadar ceza kesti sana?

Emre, peltek peltek cevap verir.

EMRE:

Bir milyon üç yüz bin.

HEKİM SELİM:

Gecenin acısını senden çıkarıyo ha!.. Peki benim kim olduğumu söyledi mi?

Emre, önce kafasını sallar.

EMRE:

Hekim Selim...

HEKİM SELİM:

Neden Hekim diyolar biliyo musun bana?

Emre, kafasını "Hayır." anlamında sallar.

HEKİM SELİM:

Bi hastanem var. Şifa arayanları iyi ederim. Azrail'i arayanlara, onu gösteririm. Bana silah doğrultacak kadar delirmiş olanların da akıllarıyla oynarım.

Emre, kafasını "Hayır." anlamında sallar.

HEKİM SELİM:

Hepsinde işe yaramaz ama... Bazıları ben deli kalacağım diye ısrar eder. Bu defa bende bırakırım onları kendi haline. Hekim Selim'in yapacağı bi şey kalmaz. O gider...

Yerine, Kasap Selim gelir. Eee,

Kasap da doktor gibi adamın aklına

bakacak değil ya; ete bakar, organlara bakar. Dimi?

EMRE:

Hayır! Hayır...

Hekim Selim cebinden bir kart çıkarır.

HEKIM SELIM:

Üsküdar Metropol Hastanesine git, bu kartı ver. Elini, yüzünü toplasınlar. Sonraki gün de; belirtilen saatte kartın arkasında yazan adrese gel. Aklın için hala bi şey yapabilir miyiz bakalım.

Hekim Selim, cama tıklatır, Kapı açılır, korumalar Emre'yi arabadan indirir.

<u>103 HEKİM SELİM'İN OFİSİ'NİN ÖNÜ (FLASHBACK) - DIŞ / GÜN</u>

Emre, eski görünümlü bir binanın önüne gelir. Çok geçmeden dış kapı açılır. Uzun boylu bir adam kapıda belirir. Emre, elindeki kartı adama uzatır. Adam, Emre'yi içeri alır.

<u>104 HEKİM SELİM'İN OFİSİ (FLASHBACK) - İÇ / GÜN</u>

Koruma, Emre'yle birlikte içeri girer. Emre'yi ofise bırakır, dışarı çıkar. Hekim Selim masasında oturmaktadır.

Ayrıca Hekim Selim'in hemen yanında duran Gizemli adam ve Hekim Selim'in öbür yanında duran sivil giysili bir doktor vardır.

HEKİM SELİM:

Gel bakalım. Otur şöyle.

Emre, önündeki sandalyeye oturur. Hekim Selim önündeki kağıt ve kalemi Emre'ye uzatır.

HEKİM SELİM:

Kimlere, ne kadar borcun olduğunu yaz.

Emre, bir süre bekler sonra yazmaya başlar. Bir süre sonra kağıdı Hekim Selim'e uzatır. Hekim Selim kağıda göz gezdirir, gülümser.

HEKİM SELİM:

Sen dibe vurmuşsun be oğlum. Neyse; sadede geliyim. Sana kıçını kurtarman için son bir teklif yapıyorum genç!.. Biliyorsun biz sadece kesip biçme işleriyle uğraşmıyoruz. İnsanlık yararına bazı ilaçlar da üretiyoruz. (Bir süre bekler.) Ama son ürettiğimiz ilaç için henüz son aşamaya gelemedik. Bazı sıkıntılar var.

Hekim Selim yanındaki Doktor'a bakar.

HEKİM SELİM:

En son kaçıncıydı Doktor?

DOKTOR:

On yedi efendim.

HEKİM SELİM:

O ne zaman öldü lan.

DOKTOR:

Geçen hafta efendim.

HEKİM SELİM:

Allah rahmet eylesin diyelim. Her neyse... Ürettiğimiz ilaç on yedi kişiyi öldürdü. Ama yılmadık. Üzerinde çalışıp, sorunları giderdik. Herhalde... Gördüğün gibi tam emin değiliz. O yüzden bazı gönüllü kobaylara ihtiyacımız var.

Anlıyosun dimi?

EMRE:

Neyin ilacını deneyeceksiniz üzerimde?

Hekim Selim, pası Doktor'a atar.

HEKIM SELİM:

Doktor...

Doktor elindeki siyah kutuyu açarak, masanın üzerine bırakır.

DOKTOR:

Çift yönlü hafıza kaybı... Eğer istediğimiz sonuca ulaşırsak; ilacı içtiğinizde kısa süreli bir hafıza kaybı yaşayacaksınız. Kısa süre sonra; hafızanız yerine gelecek. Ama bu defa da; hafızanızı kaybettiğinizde neler yaşadığınızı hatırlamayacaksınız.

EMRE:

Bunun kime yararı var ki?

HEKIM SELİM:

Öyle deme... Bizim müşterilerimiz çok elit insanlar... Ama biliyorsun bazen ne kadar para için de yüzseler de; yaşadıkları hayattan sıkılabiliyorlar. Mesela; bu ilacı özellikle isteyen Amerikalı bi dostum var. Peki neden istiyo biliyo musun?

Emre, kafasını sallar.

HEKİM SELİM:

Oğlu en son izlediği bi filmin etkisinde kalmış. Şu hafızasını kaybeden adamın hem kendi geçmişini arayıp, hem de bi kıza aşık olma hikayesi... Oğlu için bu senaryoyu tüm aşamalarıyla hazırladı. Özel plato bile kurdu. Ama biliyosun, bunu bile bile yaptığında; bu sadece tiyatro olur. Oysa bu hap gereken sonucu verdiğinde; insanlar kısa süreliğine hipnozun da yardımıyla istedikleri gibi yaşayabilecek. Boktan göz yanılsamalarına 3 Boyutlu diyenler buna kaç boyutlu der sence...

EMRE:

(Şaşırarak) Bu hapı bunun için mi üreteceksiniz?

HEKIM SELIM:

Kafana oturmadı dimi. O zaman sana Kanadalı iş kadını dostumdan bahsediyim. Yer yüzünde her türlü zevki tatmış bi kadın... Aklına gelebilecek her şeyi yapmış. Sadece insan öldürmemiş. Yapamadığından değil; ilerilerde bi yerlerde doğru yolu bulup, pişman olacağından korkuyo. Bi taraftan da Şeytan sürekli dürtüyo tabii. İşte bu hap istediğimiz sonucu verdiğinde; onun da böyle bir endişesi kalmayacak. Bizim müşterilerimizin çoğu yaşadıkları hayatı çok sıkıcı bulurlar. Biz de böyle bi eğlence tasarlıyoruz onlara.

EMRE:

(Hayal kırıklığıyla) Bu saçmalık!

HEKIM SELIM:

Ne sandın genç! Enerjimizi kanseri yenmek için mi harcıyoruz sanıyorsun? Ya da size sattığımız üç kuruşluk ilaçlar gerçekten başınızın ağrısı için mi? Söyleyim sana! Değil! Onların hepsi sizin için ürettiğimiz silahlar... Bağışıklık sisteminizi çökertiyoruz ki; ileride daha büyük hastalıklarla kapımızı çalın diye. Hiçbiriniz bizim umrumuzda değilsiniz!

Emre, bir anda oturduğu masadan kalkar.

EMRE:

Ölmeyi tercih ederim.

Hekim Selim, gülümser, Gizemli Adam'a döner.

HEKIM SELIM:

Kartını ver ona!..

Gizemli Adam, kartını çıkarır. Emre'ye verir.

HEKİM SELİM:

Kararından vazgeçtiğinde ararsın. Sonraki prosedürleri; Erdal sana söyler. Dediğim gibi genç; ilacı yuttuğun anda tüm borçların ödenecek. Ama hayır dersen; Azrail seni bekliyor tabii.

Emre, Hekim Selim'i dinler. Kapıya hareketlenir.

HEKİM SELİM:

Bu arada bilirsin gerçi ama yine de hatırlatayım. Azrail genelde karakol yakınlarında dolaşır.

Emre, kafasını sallar, odayı terk eder.

105 - 20 APARTMAN ÇATISI (FLASHBACK) - DIŞ / GÜN

Emre, apartmanın çatısından atlamaktan son anda vazgeçer.

EMRE:

Hayır, böyle değil.

Cep telefonunu açar. Cebindeki kartı çıkarır, Gizemli Adamı arar.

EMRE:

Kabul ediyorum.

106 BAĞDAT CADDESİ - ARA SOKAK - DIŞ / GÜN

Bağdat Caddesinin ara sokaklarından birinde, gizemli bir adam, etrafı süzmektedir. Çok geçmeden Emre sokakta belirir adamın yanına yaklaşır. Adam cebinden çıkardığı siyah kutuyu Emre'ye uzatır. Emre çaktırmadan kutuyu cebine atar.

GİZEMLİ ADAM:

Konuştuğumuz gibi. Hapı söylediğim saatte yutmadan önce; kutunun içindeki kağıtta yazılı olan numarayı arayacaksın. Ambulans telefonun edildiği noktaya gelecek.

EMRE:

Acı hissedecek miyim?

GİZEMLİ ADAM:

O Azrail'in sana karşı olan tutumuna bağlı.

Emre, şaşırır, adam gülümser.

GİZEMLİ ADAM:

Şaka... Rahatla biraz. Hiçbir şey hissetmeyeceksin, merak etme. Sadece vücudundaki değerler ani artış gösterecek. Biz o sırada sana gerekli müdahaleyi yapıyor olacağız. Hayatta kalırsan; daha fazla para alacaksın.

Emre, kafasını "Anladım." anlamında sallar, caddeye doğru yürümeye başlar. Adam arkasından seslenir.

GİZEMLİ ADAM:

Nereye gidiyosun?

Emre, durur, adama döner.

EMRE:

Suyla içeceğimi sanmıyosun heralde.

Adam tekrar gülümser. Emre yoluna devam eder.

<u>107 - 23 SAHİL KENARI - ÜSKÜDAR - (FLASHBACK) - DIŞ / GECE</u>

Emre, hapı çıkarır. Baş ve işaret parmağıyla tutarak hapı inceler. Cebinden telefonu çıkarır, kutunun içindeki dörde katlanmış kağıdı açar, numarayı çevirir. Kısa süre sonra hapı yutar, votkayı diker.

108 EMRE'NİN KALDIĞI ODA - İÇ / GÜN

Emre, hastane odasındaki dolaptan üzerine bir şeyler giyer. Kenan onu durdurmaya çalışır.

KENAN:

Nereye gidiyosun oğlum?

EMRE:

İşim var. Sonra konuşuruz Kenan.

KENAN:

Lan oğlum yapacağın işe ya!

Emre odadan çıkar.

109 HASTANE – KORİDOR - İÇ / GÜN

Menekşe, ankesörlü telefonun yanına gider, bir numara çevirir. Emre o sırada hızlı bir şekilde yanından geçer. Flashback'e geçeriz.

110 - 13 DISCO - BAR (FLASHBACK) - İÇ / GECE

Menekşe, önündeki bardağı ardı ardına yudumlarla bitirir, bardağı doldurması için Barmene uzatır. Tam o sıra da gizemli adam, yanında belirir.

GİZEMLİ ADAM:

Çok hızlı içiyosun!

MENEKŞE:

Sanane!

GIZEMLI ADAM:

Hiiç! Sadece kendi kendine konuşurken, kulak misafiri oldum. Unutmaya çalıştığın bi şeyler var galiba.

MENEKŞE:

Seni ilgilendirmez.

GIZEMLI ADAM:

Peki ya gerçekten unutmana yardım edersem...

MENEKŞE:

Lütfen yalnız bırakır mısın beni?

GİZEMLİ ADAM:

Doğru diyosun. Nasıl olsa sabah kaltığında unutacaksın beni.

Gizemli adam, cebinden bir kart çıkarır, kalemle üzerine bir notla birlikte telefon numarasını yazar. (DETAY: Kartta, "Yaşadıklarını unutmak istersen ara. Bedava olmayacak." yazmaktadır.)

GIZEMLI ADAM:

Kararından vazgeçersen ara beni.

Gizemli adam, kartı Menekşe'ye verir. Masadan kalkar. Menekşe, Gizemli adamın arkasından dalga geçer gibi gülerek bakar, sahne değişir.

<u>111 MENEKŞE'NİN EVİ – LAVABO – İÇ / GÜN</u>

Menekşe, lavaboda elini yüzünü yıkar.

<u>112 MENEKŞE'NİN EVİ - (FLASHBACK) – İÇ / GÜN</u>

Menekşe, havluyla yüzünü kurular. Masanın üzerindeki not dikkatini çeker. Kısa süre sonra evdeki telsiz telefonla numarayı arar.

MENEKŞE:

Yaşadıklarımı unutmak istiyorum.

<u>113 HEKİM SELİM'İN OFİSİ - İÇ / GÜN</u>

Hekim Selim'in ofisinde bu defa Hekim Selim yerine Gizemli Adam vardır. Masanın öbür ucunda da, Menekşe oturmaktadır.

Menekşe, Gizemli adamın kendisine verdiği hapı inceler.

MENEKŞE:

Uyuşturucu mu bu?

GIZEMLI ADAM:

Ondan çok daha özel bi şey... Söylediğimiz saatte, hapı yuttuğunuz anda; para istediğiniz adrese gönderilecek. Ve kısa süreliğine de olsa her şeyi unutacaksınız.

MENEKŞE:

Peki ölme ihtimalim...

GIZEMLI ADAM:

Sizinle açık konuşacağım Menekşe Hanım. Ölme ihtimaliniz bir hayli fazla. Ama tamamen bizim gözetimimiz altında olacaksınız. Geçici hafıza kaybı kısa süre sonra; üç dört gün içinde etkisini kaybedecek. Ve bu deneklerde genelde kriz olarak gözleniyor. Zaten birçoğunu da o kriz esnasında kaybettik. Ama siz çok önceden zaten bu riski göze almıştınız öyle değil mi?

Menekşe, kafasını sallar.

MENEKŞE:

Kabul ediyorum. Ama yüz bin lirayı...

Gizemli adam söze girer.

GİZEMLİ ADAM:

Söylediğiniz adrese göndereceğiz.

114 HASTANE – KORİDOR - İÇ / GÜN

Flashback biter. Menekşe numarayı çevirir. Kısa süre sonra telefon açılır.

MENEKŞE:

İyi günler. Murat Bey... Ben Menekşe...

MURAT EFENDI:

(TELEFONDAN) İyi günler.

MENEKŞE:

Saliha Teyzenin durumunu öğrenmek için aramıştım.

MURAT EFENDI:

(TELEFONDAN) Sayende iyi kızım. Söylediğin hastanede ameliyatını yaptılar Saliha Teyze'nin. Gönderdiğin parayla da bi bakıcı tutuldu. Yavaş yavaş unutmaya çalışıyor acısını. O gün fazla üstüne gittim ama...

Esaslı kızmışsın.

MENEKŞE:

Çok teşekkür ederim. Verdiğiniz bilgi için. İyi günler.

Menekşe telefonu kapatır, sevinçle gözleri dolar.

<u>115 HEKİM SELİM'İN OFİSİ'NİN ÖNÜ - DIŞ / GÜN</u>

Emre, Hekim Selim'in ofisinin önüne gelir. Kısa süre bekler.

Apartmandan bir adam çıkar.

KORUMA:

Ne istiyorsun?

EMRE:

Hekim Selim'le görüştür beni!

KORUMA:

Seninle işimiz bitti. Kalan paran hesabına yattı. Bi daha sakın gelme buraya!..

Emre, çaresizlikle apartmanın olduğu sokağı döner, tam o sırada Menekşe'yle çarpaşır. Menekşe'nin çantası, Emre'nin telefonu yere düşer.

EMRE:

(Birbirlerinin yüzüne bakmadan)

Pardon!..

Menekşe üstünü başını düzeltir.

MENEKŞE:

(Birbirlerinin yüzüne bakmadan)

Biraz dikkatli olsanız pardon demenize gerek kalmayacaktı.

EMRE:

(Birbirlerinin yüzüne bakmadan)

Ama değildim. Siz de abartmayın isterseniz...

MENEKŞE:

Ya tamam hadi git işine. Sizin gibiler yüzünden şehirde yaşayamaz olduk.

Menekşe sözünü bitirir, Emre'yle göz göze gelir. Emre'nin yanından geçerek yürümeye devam eder. Emre de birkaç adım yürür sonra olduğu yerde kalır. Kendini bir tuhaf hisseder. Menekşe'nin arkasından koşmaya başlar.

<u>116 SOKAK - DIŞ / GÜN</u>

Menekşe sokakta yürümektedir. Bir anlığına aklı az önce çarpıştığı Emre'ye gider. Adımlarını durdurur.

EMRE:

Bakar mısınız?

Menekşe, arkasına döner.

EMRE:

Az önce gerçekten benim dikkatsizliğimdi özür dilerim.

MENEKŞE:

Aslında... Ben çok sert tepki verdim siz kusura bakmayın.

EMRE:

Yok hiç önemli değil. Bu arada bi şey sorabilir miyim?

Menekşe, Emre'ye bakar.

EMRE:

İlk görüşte aşka inanır mısınız?

<u>117 CAFE - İÇ / GÜN</u>

Menekşe ve Emre cafede birbirleriyle konuşmaktadır.

EMRE:

Demek aynı hastaneye yatırmışlar bizi ha!

MENEKŞE:

Evet. Öbür denek bendim.

EMRE:

Ama seni gördüğümde gerçekten bi tuhaf oldu içim. Daha önce tanıştığımızı bi şekilde hissettim sanki.

MENEKŞE:

Aynı duyguları bende yaşadım o an. Sanki çok kısa zaman önce beraber gibiydik.

Emre ve Menekşe'nin konuşmaları müzik altı devam eder. Oturdukları masadan yavaşça açılırız. Cafenin uç masasında oturan Gizemli Adam kadra girer. Gizemli Adam cep telefonuyla konuşur.

GİZEMLİ ADAM:

Arkadaşlarının onları tanıştırmasına gerek kalmadı. Hap işe yarıyor.

<u>118 HEKİM SELİM'İN OFİSİ - İÇ / GÜN</u>

Hekim Selim, ofisinde oturmaktadır. Kapı çalınır, Doktor içeri girer.

DOKTOR:

Efendim başardık.

HEKİM SELİM:

N'oldu Doktor?

DOKTOR:

Az önce Erdal aradı. Gözlemin sonuna gelmiş. Deneklerimiz birbirine âşık olmuşlar. Hap işe yarıyor.

Heyecanlı bir şekilde masasında doğrulur.

HEKIM SELIM:

Umutsuzum diyordun Doktor.

DOKTOR:

Efendim daha önce kan bağı olan kişilerde veya aşırı yaş farkında işe yaramamıştı. Ama birbirlerine benzer denekler hapı aldıklarında; vücutlarındaki aşkı oluşturan hormonlar diğer insanlara göre anormal derecede artıyor. Bu da aynı ortamda bulunan iki deneğin salgılanan hormanlar sebebiyle birbirlerine yakınlaşmasını sağlıyor.

HEKİM SELİM:

Peki yan etkisi?

DOKTOR:

Bildiğiniz gibi kısa süreli çift yönlü hafıza kaybı... Ama üzerindeki çalışmalarımız devam edecek. Krizin etkisini de azaltmaya çalışıyoruz.

HEKIM SELİM:

İstediğimiz sonucu elde edene kadar, tüm denekler bunu hafıza kaybı deneyi olarak bilecek Doktor.

Anlaşıldı mı?

DOKTOR:

Siz nasıl isterseniz efendim.

Hekim Selim, keyifle koltuğuna yaslanır.

<u>119 CAFE - İÇ / GÜN</u>

Emre ve Menekşe birbirleriyle konuşmaya devam etmektedir.

EMRE:

O kadar saçma bi ilaç için kobay olduk ki... İnanasım gelmiyor bi türlü.

MENEKŞE:

En azından para verdiler. Ve yaşıyoruz. Daha da önemlisi, birbirimizle tanıştık.

EMRE:

Haklısın. Bu kadar saçma sapan şeylerle uğraşacaklarına; aşkın formülünü bulsalar ya! Dünya'ya biraz renk gelir hiç değilse...

MENEKŞE:

Benim Dünyam şu anda çok renkli bence.

EMRE:

Benim Dünya'mda kelebekler uçuşuyo.

Emre, Menekşe'nin elini tutar. Görüntü kararır, film biter.

SON

Don't miss out!

Visit the website below and you can sign up to receive emails whenever Yasin Güneş publishes a new book. There's no charge and no obligation.

https://books2read.com/r/B-A-FTEGB-DDVAD

BOOKS 2 READ

Connecting independent readers to independent writers.

Did you love *Sil Baştan Aşk*? Then you should read *Zervan - Doğumu ve Ölümü Belli Olmayan*[1] by Yasin Güneş!

[2]

Misafir Kabul Etmez Köyü'nde yaşayan on iki kişi, karlı bir kış gecesi vahşice öldürülmüştür. Köyün bağlı olduğu Kasaba halkı arasında çıkan söylentilere göre cinayetlerin sebebi Köyün kuzeyindeki Karasu Ormanında bulunan bir mezardır. Üstünde "Doğumu ve Ölümü Belli Olmayan Dede" yazan bir mezar... Kimilerine göre Köy halkı, Mezarın lanetinin etkisi altında kalmıştır. Fazla güçlü olmayan başka bir söylentiye göre ise; Köylüler, kime ait olduğu bilinmeyen, belki de bir canlıya bile ait olmayan bu mezarda bir şeyler saklamaktadır. Bu

1. https://books2read.com/u/31JM0w

2. https://books2read.com/u/31JM0w

sebeple; saklanılan Sır başkası ya da başkaları tarafından ortaya çıkarılmış, ve bunun sonucunda köylüler öldürülmüştür.

Read more at yasin-gunes.com.

About the Author

Hikayelerin Dokusunda Kaybolan Bir Rüya Takipçisi

Merhaba, ben Yasin Güneş. Hayal gücümün sınırlarını keşfetmeyi seven, İstanbul'un karmaşık sokaklarında hikayeler arayan biriyim. Küçük yaşlardan beri kelimelerle dans etmek, duyguları ve düşünceleri bir araya getirmek benim için bir tutku haline geldi.

Küçük Bir Rüya Başlangıcı

İstanbul'un kalbinde, renkli ve karmaşık bir çocukluk geçirdim. Sokaklar, binalar ve insanlar arasında kaybolurken, kafamda sonsuz hikayelerin filizlendiğini fark ettim. Okumak, yazmak ve hayal kurmak benim için vazgeçilmez birer hazine haline geldi.

Büyüyen Tutku: Edebiyat

Öğrendiğim şeylerin sınıfların dışında, şehrin kalbindeki yaşamla temas kurarak olduğunu fark ettim. Sokakları, insanları ve olayları gözlemlemek, hikayelerimi şekillendirmemin anahtarı haline geldi.

Hikayelerin Peşinde

Kariyerim boyunca gerçek mutluluğumu kendi hikayelerimi yazarken buldum. Her biri, içimde yatan derin duyguların, hayal gücünün ve düşüncelerin bir yansımasıydı. "Zervan - Doğumu ve Ölümü Belli Olmayan" gibi projelerde, insan doğasının karmaşıklığını, zamanın ötesindeki varoluşsal soruları ve içsel çatışmaları ele alarak kendimi ifade etme fırsatı buldum.

Kişisel Yaşam: Hikayelerin İzinde

İstanbul, benim ilham kaynağım ve ruh eşimdir. Şehrin her köşesinde yeni hikayeler, yeni karakterler ve yeni maceralar keşfetmek için sabırsızlanıyorum. Ayrıca seyahat etmek, farklı kültürleri deneyimlemek ve insanlarla bağlantı kurmak da benim için önemli birer hazine.

Gelecek: Yeni Hikayelerin Peşinde

Yaratıcılığımın sınırlarını zorlamaya devam edeceğim ve yeni hikayelerin peşinden koşacağım. İnsanların kalplerine dokunacak, düşüncelerini harekete geçirecek ve hayal güçlerini besleyecek hikayeler yazmak için sabırsızlanıyorum. Gelecekte, kendi izlerimi bırakacak, unutulmaz eserler yaratma umuduyla ilerliyorum.

Read more at yasin-gunes.com.